UTOPIE

KAMEL
DAOUD

卡梅・答悟得

翻譯 吳坤墉

異鄉人- 翻案調查
Meursault,
contre-enquête

無境文化出版

人文批判系列

【奪朱】社會政治批判叢書 011

獻給 *Aïda*。
獻給 *Ikbel*。
讓我打開雙眼。

Pour Aïda.

Pour Ikbel.

Mes yeux ouverts.

「兇殺時刻不是所有民族都同時響起。

這便解釋了歷史之持存。」

蕭沆
《苦澀三段論》

"L'heure du crime ne sonne
pas en même temps pour tous
les peuples.

Ainsi s'explique la
permanence de l'histoire"

E. M. Cioran,

Syllogisme de l'amertume.

一

　　今天，媽還活著。

　　她什麼都不講了。但其實，她可說的東西還很多。不像我，一再的加工改造這個故事，現在幾乎都記不起來了。

　　我是說，這是個超過半世紀以前的故事 [1]。事情發生，那時候人們就講了很多。到如今也都還在講。但他們都只提到一個死者，你看這是不是很無恥！那時候，死掉的人，明明就是兩個。沒錯，兩個。為什麼被消失？因為前一位故事講得好，好到能叫人忘掉他的罪行。而另外一個是可憐的文盲，好像天神創造他就只為了來吃顆子彈，然後就歸於塵土；一個連姓名都來不及擁有的無名氏。

　　我現在就告訴你：另一個死者，被謀殺的那個，是我哥。他什麼都沒留下。只剩我還要替他說話，坐在這個酒吧，等著那永遠不會有人跟我說的節哀順變。很好笑吧，就像是劇場都散戲了，我還在後台的死寂裡等人光臨⋯⋯我的使命就有點像這樣子。而且也就是為了這個目的我才學會去說，去寫這個語言；替一個死掉的人開口，把他的句子一點點接下去說。那個殺人犯後來變得很出名；而他的故事也真是寫得太好了，我想都不敢想要去模仿。那個語言本來就是他的。所以我要跟其他人做一樣的事情：在

1　指卡繆的《異鄉人》。法國殖民阿爾及利亞時期的故事。

這個國家獨立之後，把那些殖民者老房子的石磚一塊塊拿過來，蓋一棟我的房子，創一個我的語言。那個殺人犯的文字跟詞彙，是<u>無主物</u>，都變成我的。其實在這個國家，在那些老商店的門面、泛黃的書本或人們的臉上，到處都看到那些文字，不是已經沒人要了，就是被去殖民創造出來的克里歐語[2]變形得不倫不類。

那個兇手是死去已久；而我哥哥被抹滅存在，更是已經太久了；也就只剩我不願他消失。我知道，你已經等不及要問那些我厭惡的問題，但請你再耐心的聽我說下去，最後你就會明白了。這不是個正常的故事。這是個結局先決定了，再去回溯源頭的故事。對，像用鉛筆畫的一群鮭魚要回溯源頭。跟其他人一樣，你讀的，就是寫的人要講給你聽的故事。他的書寫，好到每個字都像精準雕琢出來的石塊。你那英雄，是個對細微差異一絲不苟的人，近乎數學的講究。以石塊與礦物為基礎，沒完沒了的計算。你有看到他書寫的方法嗎？堪比詩詞的字斟句酌，講的可是一聲槍響！他的世界是純淨的，由早晨的清晰裁剪出來，用香氣與地平線的突出勾勒；精準，細緻。唯一的陰影就是那些「阿拉伯佬」：模糊而突兀，來自「過往」的東西，像是一群幽靈，飄忽的笛聲就算是他們的語言。我想，困在這麼個好死賴活都不要他的國家，怎麼都轉不出去，真是夠他受的。愛不到這塊鄉土，所以做個恐怖情人犯下了兇殺；他那時一定真的很痛苦吧，可悲的人！在那個沒有生下他的地方當人家的孩子。

2　克里歐語（créole）：一種自然語言，混合多種不同語言詞彙、甚至文法，也稱為混成語或混合語。

　　跟你和其他幾百萬人一樣，我也讀過他的說法。從一開頭，我們就都明白了：他，他的名字是人的名字，但我哥的名字卻是個事故。當初他根本可以像另一個傢伙把他的黑鬼叫做「星期五[3]」一樣，把我哥叫做「下午兩點」。一個是周間一天，另一個是一天裡的時刻。下午兩點，就叫這個吧。用阿拉伯文講是杜季 Zoudj，意思是數字二，一雙；他和我，對知道這故事裡的故事的人，正是對如假包換的雙胞胎。總之，一個阿拉伯人，技術上來說就出現一下下，就活了兩個小時，然後就埋入黃土，但還得要不間斷的一死再死七十年。我的哥哥杜季像是被鏡框裱了起來：就算已經被殺害死亡，還不斷讓不是名字的稱呼與時鐘的兩根指針給叫喚出來，一次又一次，要自己去重演被子彈射中的死亡；被一個對自己的日子不知該怎麼辦，把芸芸眾生扛在肩上卻無法承擔的法國人，開槍射擊的死亡。

　　真的！每當腦袋回想這個故事，只要是還有氣力的時候，我都無比憤怒。為何是那個法國人在扮演死者，在頭頭是道的訴說他怎麼失去了媽媽，怎麼在大太陽下失去了他的身體，又怎麼失去了一個愛人的身體，接著又跑到教堂去見證他的上帝從人類的身體逃走，又怎麼為他媽媽和他自己的遺體守靈……諸如此類的。天啊！怎麼可以殺了人，還不停的佔死人便宜。吃了顆子彈的人是我哥，不是他！死的是木薩 Moussa[4]，不是莫梭 Meursault[5]，不是嗎？真的很奇怪，就算是脫離殖民獨立建國以後，也從來沒有人想要知道受害者的名字、住址、祖先或是他的後代；從

· · ·

3　指《魯濱遜漂流記》的故事。荒島上，星期五是魯濱遜的僕人，也是魯濱遜以外唯一的人。
4　阿拉伯名 Moussa 來自基督宗教聖經與古蘭經皆有記載的先知摩西。
5　卡繆的《異鄉人》的主人翁。

來沒有！所有的人看了那鑽石切割般完美的語言都只能張
口結舌，所有人都對殺人者的孤獨表示感同身受，向他致
上最文謅謅的哀悼之意。今天，有誰可以告訴我木薩的真
實姓名？有誰知道是哪條河帶著他漂到只能獨自一人赤腳
穿越的大海？沒有子民也沒有魔杖……有誰知道木薩有沒
有左輪槍，有沒有人生哲學，有沒有被曝曬昏頭呢？

　　木薩是什麼人？他是我哥。這樣你懂了吧。我要跟你
講木薩他從來沒機會去說的。你推開這間酒吧的門，其實
是挖開了一座墳墓，年輕人。你書包裡有那本書嗎？那好，
當個好學生，開始念前面幾段……

　　懂了嗎？不懂？那我解釋給你聽。這個人，殺人犯，
媽媽一死，他就沒了故鄉，就落入無所事事跟荒謬裡。他
是以為殺掉了星期五就可以改變命運的魯賓遜，卻發現自
己落得困死孤島的下場，然後像隻可愛的鸚鵡才情並茂地
對自己肉麻演說著：「*Poor Meursault, where are you ?*」[6] ……說
真的，你把這呼喚重複唸個幾次就不會覺得那麼蠢了！這
是你需要才叫你這麼做。像我，整本書滾瓜爛熟，可以當
背古蘭經一樣背給你聽。我說，寫這個故事的，不是作家，
而是一具屍體。你看他那種受不了太陽、受不了五彩繽紛
的顏色，看他除了太陽、大海跟老石頭以外，對什麼都無
所謂的樣子，就很明白了！從一開頭，就覺得他是要找我
哥。而且真相是，找他，不是為了要認識他，而是為了永
遠不必去認識他。每當我想到這裡，最讓我痛苦的，還不
是他開槍打他，而是殺了我哥還就從他身上跨過去。你懂

嗎？這種華麗的漫不經心正是他的罪行。也因為這樣，後來要將我哥說成是一個穆斯林殉道者（chahid）的所有努力都成枉然。等殉道者真的來臨，謀殺已經過去太久。而在兩個時間點之間，我哥已經屍骨無存，但那本書竟變得舉世聞名。結果就是後來，所有人都卯足了勁要去證明根本沒有謀殺，只是有人中暑罷了。

　　哈！哈！你喝什麼？在這裡，最好的酒，都是有人死後才會端出來，之前不會。宗教的因素，小兄弟，要喝要趕快，過個幾年，唯一還開著的酒吧會是在天堂，在世界毀滅之後。

　　在說整個故事給你聽之前，我先跟你講重點：有個很會寫的人殺死了個阿拉伯佬；阿拉伯佬可能把名字掛在後台釘子上忘了，所以這天上台連名字都沒有。接著這人就開始解釋說這都是一個根本不存在的上帝的錯，說是由於他在大太陽下想通的那些事，還是因為海水的鹽逼得他閉上眼睛。就這樣，兇殺的行為完全沒有處罰，而且因為在中午與下午兩點之間、在他與柱季之間、在莫梭與木薩之間是沒有法律的，所以根本就不算是個犯罪！再接著呢，所有的人聯手讓受害者的身體立刻消失，還把兇殺現場變成一座無形的博物館。你看莫梭是什麼意思？是「歿縮」，死得孤單？「歿餿」，死得窩囊？還是「莫死」，就永遠不死了？[7] 我哥，他啊，在這個故事裡連說句話的權利都沒有。就這樣，你跟你前面的人，全都搞錯方向了。那荒謬，是我哥跟我馱在肩上、壓在我們土地的肚子上的，根

7　原文 ......que veut dire Meursault? "Meurt seul"? "Meurt sot"? "Ne meurs jamais"?

本不是另外那個人在扛。你要知道，我現在不是悲傷，也
不是氣憤。我甚至不要做出哀悼的樣子給你們看，只是……
只是什麼？我也不知道。我想要的應該是正義可以伸張。
都這把年紀了，這樣講聽來可能很荒唐……但我發誓我真
是這麼想的。我所要的，可不是法庭上的正義，而是全面
平衡的那種正義。此外還有另一個理由：我想離開了，但
不要幽魂繼續追著我不放。人們為什麼要寫那些真正的書，
我現在大概懂了。那不是為了要出名，是把自己變得更隱
形，還同時宣示要去享用世界真正核心的權利。

喝口酒然後你往窗外看，這個國家像不像是個水族館。
好啦好啦，這也是你的錯，朋友，你的好奇讓我停不住了。
我已經等你多少年，要是我沒辦法寫我那本書，起碼可以
講給你聽，不是嗎？喝酒的人，就想著有個人聽他講。這
可是每日一句的智慧啊，你可以抄在筆記本裡……

其實很簡單：這個故事，應該用同樣的語言，從右到
左換個方向重寫。也就是說從那活的身體，從那些把他推
向結局的巷弄，從那阿拉伯佬的姓名開始，直寫到他中了
那顆子彈。我學會這個語言，部分的原因，就是為了要替
我的哥哥，太陽的好朋友，來講這個故事。覺得不可能嗎？
你錯了。當初該給我的時候卻從來沒人肯給的答案，我一
定要去找出來。每個語言有自己吸收與說話的方法，有一
天，你會被它附身；那時候，它會習慣性的代替你去理解
事物，就好像虎狼般熱吻的戀人一樣，它會霸佔你的嘴巴。
我認識一個人，他去學寫法文是因為有那麼一天，當時還

是你那英雄以及殖民者的時代，他不識字的父親收到一封
電報，結果沒有人可以幫他看上面寫什麼。電報就爛在他
的口袋裡一個星期，最後才有人讀給他聽。上面三行字寫
的是他媽媽的死訊，在光禿禿的偏遠鄉下。那人跟我說：
「為了我爸，也為了這樣的事情永遠不會再發生，我才學
寫字。我永遠忘不了他氣自己的那股憤怒，還有他那向我
求助的眼神。」到頭來，我的理由也是一樣。來吧，你再
拿起書來繼續讀下去。其實全部都已經寫在我的腦子裡了。
每個夜晚，我哥哥木薩，也叫柱季，都從死者的國度出來，
拉著我的鬍子大叫：「啊！哈榮，我的弟弟，為什麼你讓
他們這麼做？我可不是隻牛犢。老天，我是你哥啊！」好
了，開始讀吧！

　　先講清楚：我們家就是兄弟兩個人，根本沒有你那英
雄在書裡說的那個隨便輕佻的妹妹。木薩比我大，他是頂
天立地的人。精瘦的身體，但有飢餓以及憤怒帶來的力氣。
他的臉有稜有角，一雙可以保護我的大手，還有一對因為
喪失祖先土地而堅毅的眼睛。現在回想起來，我覺得他當
時已經用有如逝者來自他方的那種眼神，毫無廢話的關愛
我們。對他，我只剩下很少的畫面，但我想要一個個仔細
的描述給你聽。像那天，他早早的從我們附近市場還是港
邊回來；他是搬東西和什麼都做的粗工，要汗流浹背的扛、
拖、搬。那一天，看到我正在玩一個舊輪胎，他把我舉到
肩上，要我兩手抓住他的耳朵，把他的頭當方向盤。他讓
我可以摸到天上，一邊還滾著輪胎模仿引擎的聲音，那種

喜悅，我現在還感覺得到。我可以聞到他的味道。一種混
合著爛掉的菜，汗水、肌肉與喘氣，黏黏的味道。另一個
畫面，是開齋節那天，因為之前我幹件蠢事被他揍了一頓，
結果兩個人都不對勁。那天是寬恕的日子，習俗上他應該
來擁抱我，但是我，我不希望他損害他的驕傲，或是低頭
來要我原諒他，就算是神的旨意，我也不要。我也記得他
在我家門檻前，面向鄰居的牆面，一支煙，一杯我媽端給
他的黑咖啡，巋然不動的本事。

　　我們的爸爸已經失蹤不知幾百年了，早從那些說在法
國哪裡看到他的謠傳中化成碎屑；只有木薩還聽得到他聲
音，然後跟我們轉述在夢裡他交代要講的話。我哥後來只
又看見他一次，而且隔得很遠，也不太確定真的是他。我
還是個孩子的時候，就能分辨得出來，哪天又聽到什麼謠
傳，哪天沒有。每次木薩，我哥，聽到有人講我們的爸爸，
他回到家時總是帶著激烈的動作，噴火的眼神，然後跟我
媽壓低聲音講個不停，最後結束在火爆的爭吵中。他們不
讓我聽但我還是弄懂了其中的關鍵：為了一個晦澀的理由，
我哥很責怪我媽，而我媽則是用一個更加晦澀的方式來替
自己辯解。那些焦慮的白天黑夜，充滿著憤怒。一想到木
薩也可能會離開我們，我的那種恐慌，記憶猶新。然而他
總是在天快亮的時侯回來，醉醺醺的，對他的反抗莫名其
妙的驕傲，彷彿獲得了一股新的力量。接著木薩我哥，宿
醉，像關機了一樣。他就一直睡，而我母親在他身上找回
她的天地。我腦海裡的那些畫面，我能夠給你的也就這些

了。一個咖啡杯，一堆煙屁股，他的布鞋，媽哭泣著，然後因為鄰家婦人來借點茶還是調味料，迅速的收起淚水來微笑；從悔恨到端莊親切的轉變是那麼的快，讓我不得不懷疑她的真誠。一切都繞著木薩轉，而木薩繞著那我從沒見過、只留了我們家庭姓氏給我的爸爸轉。你知道當時我們姓什麼嗎？Ouled el-assasse，警衛的兒子。夜班警衛的兒子，說得精確點。我爸爸在一間不知什麼工廠當警衛。一天晚上，他失蹤了。就這樣。人家是這麼說的。就在我剛出生沒多久，1930 年代的時候。這是何以我想像的他，總是陰沉的，藏在一件大衣或是黑色的傳統袍子裡，縮在一個陰暗的角落，無聲而沒能回答我。

所以木薩是個低調而寡言的天神，那把濃密的鬍子，以及那雙可以扭斷隨便哪個古代法老王士兵脖子的手臂，讓他顯得巨大。這是要你明白那一天當我們得知他的死訊，還有他死亡的情境，我感覺到的既不是痛苦也不是憤怒，而先是一種失望，然後是覺得受辱，就像有人羞辱了我。我哥木薩是能夠把大海劈成兩半的人，而他卻死得毫無意義，一個那麼俗氣的路人甲，死在那如今已經消失不見的海灘，就在應該要使他能聲名不朽的浪潮邊！

我幾乎從來沒有為他掉過眼淚，我只是不再像以前那樣仰望天空。還有，後來，我也沒有去打解放戰爭。在我們的人因為極度疲憊與曬昏頭而被殺害的那一刻，我就知道這場戰爭未打先贏了。對我來說，自從我學會了讀與寫，一切看來就很明白：我有我媽，而莫梭沒了媽媽。他殺人，

但我知道那根本是他的自殺。但這些，沒錯，說的都是在場景還沒迴轉而角色尚未交換之前。因為我最後理解到的是：他和我，我們根本就是在同一間牢房裡的夥伴，在那密閉空間裡，身體也不過就是戲服。

　　因此這個殺人故事並不是以那出名的句子：「今天，媽媽死了」來開頭的，它其實開始在從來沒有人聽到，也就是那天我哥木薩出門前跟我媽說的：「今天我會早點回來。」我還記得，那是沒有的一天。不是跟你說嘛，我的世界以及那二分法的日曆：那些有我爸的謠傳的日子，就終日的抽煙，跟媽爭吵還有把我當要餵食的家具看待；其他就是那些沒有的日子。事實上，我現在發現，我做過跟木薩一樣的事：他替代了我爸，而我是替代了他。但這樣說，我是在騙你，就跟過往好長的時間我欺騙自己一樣。真相是，獨立建國也不過就是迫使兩群人角色互換。當年殖民者對這個國家為所欲為，還到處留下鐵鐘，柏木與白鸛的時候，我們都是幽靈。如今呢？對，剛好相反！他們偶爾會參加專門招攬「黑腳」（pieds-noirs）－殖民地時代的法國家庭－或是鄉愁之子的旅行團，牽著兒孫的手回來，試著要去找到哪條街，哪個房子或是哪株枝幹上刻著名字縮寫的樹。我最近在機場的香煙鋪前面看到一群法國人。真像是一群不想引人注意又無聲的鬼魂啊！他們沉默的看著我們，我們這些阿拉伯佬，那意思分明就是把我們當做是石頭或是死掉的植物[8]。「無奈何，如今，一切都成往事了……」他們的沉默表達的正是這個意思。

8　引文出自卡繆《異鄉人》第六章。此段卡繆描述幾個法國人覺得阿拉伯人看他們的目光。作者刻意模仿。

　　要調查一件犯罪，你一定要確定掌握到關鍵：誰是死者？他是怎樣一個人？我要你記住我哥的名字，因為他是被殺死以後，還繼續被殺的那個人。我要堅持這點，不然的話，就不如在這裡分手了。你帶著你的書，我帶著屍體，分道揚鑣。話說回來，這是個多麼可憐的家譜啊！我是警衛的兒子，*ould el-assasse*，還是那阿拉伯佬的弟弟。你知道的，在瓦赫蘭（Oran）這個地方，人們最看重出身家世。*Ouled el-bled* 真正的城市之子，國家之子。每個人都想當這座城市最獨特的孩子，第一個，最後一個，最老的那個。在這種故事裡，肯定會有雜種的焦慮，不是嗎？每個人都試著證明自己是第一個－他、他爸或是他祖先是第一個居住在這裡的，而其他人通通是外來者異鄉人，或是沒有土地的農民，在獨立建國之後不分青紅皂白全部成為新貴。我老是覺得奇怪，這些人為什麼有這種要在墓園裡刨根究底的焦慮。我知道，我知道，可能是財產權帶來的恐懼或是爭奪。但要說最先在這裡定居的是誰？那些最有懷疑精神或是最晚到的人會告訴你是「老鼠」。這個城市的兩隻腳向著海洋方向張得開開的。你往 Sidi-el-Houari 的舊城區走下去，在西班牙人漁村（Calère des Espagnols）的旁邊看一看港口，整個就是想著當年風華喋喋不休老婊子的味道。有時，我會沿著雷棟散步大道（la promenade de Létang）往山下走，在那濃密的庭園獨自喝酒，沾惹一些小混混。對，就是密密麻麻長著一堆奇怪的草木，榕樹啊，松樹，蘆薈……那邊，別忘了還有棕櫚樹跟其它好多根深蒂固的樹木，不僅

往天上，也往地下不斷生長。地下，有一個西班牙及土耳其時期挖掘隧道的巨型迷宮，我進去過。現在基本上都被封閉了。但在那裡面，我看到過一個驚人奇景：那些百年老樹的樹根，從內部去看，那麼的龐大而迂迴曲折，就好像是倒吊著的巨型裸花。有空去那個庭院走走。我喜歡那個地方，但有時我感受到的是一個巨大，精疲力盡的女人從性器官裡發出來的氣息。跟我這感官式意象有點不謀而合的是：這個城市兩腳一分迎向大海，從岸邊到高點，大腿張得門戶洞開。那個散步大道是在 1847 年，由一個將軍－雷棟（Létang）將軍催生的。要我說的話，是被他播種的，哈，哈！你一定得去那邊走走，然後你就會明白為何這裡的人死命的想要沾親帶故些出名的祖宗。就為了逃避現實吧！

　　你都記清楚了？我哥叫木薩。他其實是有名字的。卻一直只被叫做「阿拉伯佬」，還永遠不會變。名單裡的最後一人，從你那個魯賓遜列的清單上被劃掉。很奇怪，不是嗎？幾世紀來，殖民者要擴張財產，就是將佔為己有的東西取上名字，同時消除掉礙事的人的名字。他們叫我哥阿拉伯佬，就是要像漫無目的散步來殺時間一樣，把他殺掉。你要知道，從獨立建國以後，多少年來，媽一直在爭取義士母親的撫卹金。而你能想像她一直都爭取不到嗎？你知道為什麼嗎？因為無法證明阿拉伯佬是誰的兒子－還是誰的哥哥。明明他是公開被殺死，卻無法證明他曾經存在過。無法證明或是確認木薩與木薩本人之間的關聯！如

果你不知道怎麼寫書，你要怎麼把這一切說給世人聽？獨立後的幾個月，媽花了好些時間，試著要去收集連署以及人證，但沒有用。木薩連具屍體都沒有。

　　木薩，木薩，木薩……有時我喜歡重複念著這個名字，不讓它在字母裡消失。這是我堅持的，而且我要你用粗體寫下來。在他的死亡與誕生整整過了半個世紀之後，這個人才終於有了他的名字。我堅持這點。

　　初次見面，今晚讓我請你吧！對了，你叫什麼名字呢？

二

　　早！是啊，天空很美。像小孩子的著色畫，也像是祈禱有靈的天降祥瑞。我一晚上沒睡好。憤怒的夜晚。那種憤怒，揪你喉頭，讓你頓足，把你糾纏，拿著相同的問題一再質問你，要折騰到讓你吐出個自白或者是名字才算完。結束時你已經像個死人，像經歷一場疲勞偵訊；而且，會有種叛徒的感覺。

　　你問我還想不想繼續？要，當然要，我好不容易才有機會可以倒掉這個故事！

　　小時候，好長的日子裡，我都只有一個故作驚奇的晚間故事可以聽。就是我那被殺死的哥哥木薩的故事。而且，依著媽的心情，每回講的都不是一個樣子。記憶裡與這些夜晚相伴的，是下雨的冬天、是油氣燈照在我們破房子裡的微光，還有媽的喃喃自語。也不是那麼常發生，都是在我們沒東西可以吃的時候，太冷的時候，或者，我覺得，可能就是媽自己感到比平常還要寡婦孀居的時候。但你知道，故事會死，我已經記不全那可憐的女人都跟我講了些什麼了；她總有本事拉雜進來那些對她自己的父母、出生的部落和女人閒話的殘留記憶。都是一些無稽之談，要不就是木薩的故事，說這隱身的巨人，如何徒手肉搏我

們叫做白豬（*gaouri*）的歐洲異教徒，痴肥的法國人跟掠奪血汗與土地的賊。就這樣，在我們的想像裡，我哥木薩就得要完成種種任務：回敬一個耳光、讓侮辱他的人好看、搶回被霸佔的土地或是被扣剋的薪餉。到最後，木薩，在這些傳奇裡面，是騎著馬佩著劍，而且終有一天要帶著亡魂回來平反世間的不公平。話說回來，還活著的的時候，他這人就已經是出名的脾氣暴躁又喜歡打野拳；這你不難想像吧！不過，媽講的故事，主要都是集中在木薩生前最後一天依序發生的事情上；最後一天，也可以說是他進入不朽的第一天。講起這一天，媽可以鉅細靡遺到讓它如幻似真，活靈活現。她跟我描述的可不是個謀殺案及死者，而是一個神奇的化身過程：一個阿爾及爾貧民區的普通青年變成了無敵的英雄，眾生苦候的拯救者。她講的版本還變來變去。有時候說木薩被夢裡的預兆或是呼喚他名字的駭人聲音驚醒，早了點出家門。別的時候，說他是被朋友叫了出去；一些不務正業的年輕人，滿腦袋只有泡妞、抽煙跟在臉上弄些耍帥刀疤，就是人家說的地頭混混（*ouled el-houmma*）。後來經過一陣陰沉的鬼鬼祟祟，結局代價是木薩的死。我已經搞不清楚了。媽講了一千零一種故事，而那年紀的我，真相無關緊要。在那些時刻裡，真正可貴的，是與媽那幾乎是感官上的親近，以及夜晚的那幾個小時裡面，一種無聲的釋懷放下。可到了早上醒來，一切又恢復原狀，我跟母親分處兩個不同的世界，一人一邊。

　　一起發生在書本裡的兇案，調查員先生，您要我說什

麼好呢？那個天殺的夏日，那一天，從早晨六點到下午兩
點的死亡時間，究竟都發生了什麼事？我真的不知道啊！
而且，木薩被殺了以後，也沒有人來找我們問過話。沒有
什麼認真的調查。就是我自己那天都做了些什麼，也記不
太起來了。在街上，塵世一如以往地喚醒了我們四鄰的那
班人物。往下坡，是陶唯一家。一個笨重的老好人，拖著
一隻壞掉的左腳，咳個不停的菸槍；他老是一大清早要對
著牆壁撒尿，從沒有不好意思。大夥兒都認識他，拿他準
到不行的例行公事當做我們四鄰的報時器：他腳步的不規
則節奏以及咳嗽聲，是街道上天剛亮時就要響起的信號。
往上走一點的右邊住的是 El-Hadj，意思是朝聖者，但這麼
叫不是因為他去過麥加，而是大人就給他取這個名字！他
話不多，好像就以揍他媽媽為己任，還成天怒視街坊裡的
每個人。摩洛哥佬住在緊鄰小巷的第一個轉角，開了家叫
做 El-Blidi 的咖啡店。他的小孩是群騙子兼小毛賊，有本事
把每棵樹上的每顆果子都偷光光。他們窮極無聊就拿些火
柴，丟到沿著街邊的舊水溝裡流，然後緊追著跑，這樣也
好玩。我也記得那個名叫塔逸白的老女人，這癡肥的老虔
婆沒有小孩，但有著隨時就發作的脾氣。她看著我們、我
們這些其他女人的後代的時候，總帶著種讓人不舒服，有
點像要把人給吞進肚裡的樣子；那德性讓我們神經兮兮的
大笑。我們呢，是一小群跳蚤，迷失在這城市與它千百條
街道化身的地質巨獸背脊上。

　　所以說，那一天，沒有什麼特別。就是處處看見預兆

又對靈體敏感的媽，也都沒發覺任何異常。平常的一天，
一樣聽見婦女的叫喊、看見陽台晒著的衣服跟沿街叫賣的
小販。在城市下面那頭靠近海邊開的一槍，沒人可以從那
麼遠的地方聽見。就算是夏天的午後兩點這魔鬼的時刻，
大家都午睡的時候也一樣聽不見。所以沒有什麼特別啊，
調查員先生。當然，後來我再細細回想，一點一點的，從
媽那幾千種說法、記憶的殘渣跟還很強烈的直覺之間，我
認為終究有一個版本要比其他的都來得真實。我也不是很
確定，但那時候，在我們家，飄散著一股女性敵對的氣味：
媽跟另一個女人。我沒見過這個人，但是每當媽的酸言酸
語引來木薩的粗暴斥責，他的那種態度、眼神及聲音裡面
都有她的痕跡。要我說的話，就是種爭風吃醋的勾心鬥角。
也像是外面香氣跟廚房裡太過熟悉的味道間無聲的較勁。
在這街坊，所有的女人都是「自家姐妹」。相互尊重的準
則讓媚人的情愛無從發生，只剩下在婚宴狂歡時那點曖昧
的遊戲，或是婦女在陽台曬衣服時稍稍放肆的眉來眼去。
我覺得，對木薩那個歲數的年輕人而言，跟四鄰的姊妹們
結婚幾乎給他們一種有點亂倫、缺乏激情的感覺。但是呢，
在我們跟歐洲異教徒的世界之間，下面，法國區裡，不時會
有一些穿著裙子胸部堅挺的阿爾及利亞女人在那兒晃。對
這些總怕人把她們怎麼樣，取個洋派名字 Mary 的淑芬們[9]，
我們這群小鬼就是把她們當婊子看，就是用眼神將她們石
刑活活砸死。令人垂涎的獵物啊，能給人愛情的歡愉而不
用掉進婚姻這墳墓。這些女人常常製造出暴烈的愛情跟你

9　原文用 Marie-Fatma。常見的法國女性名字與常見的阿爾及利亞女性名字的組合。

死我活的敵對。你那作家說的大概就是這個。但他說的版本其實不正確，因為那沒現身的女子不是木薩的姊妹。老實說，還可能就是他激情對象中的一位。我總覺得當時的誤解是這麼來的：原來是要去討回公道，結果失控了；根本就只是這麼回事，後來卻被當做是一個哲學性的犯罪。木薩原想幫那個女孩討回面子，要給你那英雄一點顏色看看；結果人家自我防衛，在海灘上把他冷血的殺了。我們的人，當時在阿爾及爾這些窮地方，對於面子名譽其實有種尖銳又粗魯的敏感。一定要保衛女人跟她們的大腿！我想這是因為把土地、水井跟牲口都丟掉了以後，他們剩下的也就只有他們的女人了。說出這種有點封建的解釋，我自己也好笑；但我拜託你，從這角度想一下。這可不完全是荒謬的。你那本書講的故事簡單說就是兩宗罪過造成的騷亂：女人跟無所事事。這讓我有些時候真的認為在木薩活著的最後那段時日裡，確確實實有一個女人的影子，有股嫉妒的氣味。媽從來不講，但在街坊裡，在犯罪發生後，人們常常把我當成那被救回的名譽的繼承人來致敬；而我還是個孩子，無從解析當中的理由。但其實我知道！我感覺得到。媽，一而再再而三的跟我扯謊，講木薩那些離譜的故事，結果是激起我的懷疑，逼我將心裡那些直覺攤開來。我把他們都重新組合。最後那段時日木薩的屢屢喝醉，空氣中飄散的香氣，他遇到朋友時臉上那難掩的驕傲微笑，他們間顯得過度嚴肅，嚴肅到近乎可笑的竊竊私語，還有就是我哥他在把玩手上的小刀，亮他身上的刺青給我看的

樣子。在他的右肩刺著：「*Echedda fi Allah*（真主站在我這
邊）」，「不怕死向前行」。左前臂上刺的是「閉嘴」，
還有顆破碎的心的圖案。這是木薩唯一寫過的書。比嚥下
的最後一口氣都短，縮成三個句子書寫在世上最古老的紙
張：他自己的皮膚上。我記得他的這些刺青，就好像其他
人記得他們的第一本圖畫書一樣。其他還有什麼細節？啊，
我不知道啦！他的藍色工人裝，他的布鞋，他像先知一樣
的大鬍子還有那雙想要抓住我爸幽靈的大手，他跟那些沒
名字沒羞恥的女人的故事……我真的不知道別的了，「學
者調查員」先生。

　　啊！那神祕的女人！就假設她真的存在吧。我只知道
她的名字；應該說我猜那就是她的名字，我哥在那夜睡夢
中呼叫的：翠碧答。他死前那一夜。是個預兆？可能吧。
總之，媽後來決定要逃離阿爾及爾，逃離海邊，而就在媽
與我要永遠脫離街區的那天，我看到一個女人，我很確定，
緊緊的盯著我們。她穿著條裙子，很沒品味的絲襪，還把
原來棕色的頭髮去染成了金色，很明顯，就是當時電影明
星流行的那種髮型。「永遠的翠碧答」，哈哈！說不定這
句話也讓我哥刺在他身上哪個地方，我不知道。但我確定，
那天就是她。清晨時候，媽和我，我們準備好要出發了，
她手上拎著一個紅色的小包包，從遠處注視著我們；看著
她的雙唇和大大的漆黑瞳仁，我覺得她像是想跟我們問些
什麼。我幾乎可以肯定那天就是她。而在當時，我打心裡
渴望，也暗自決定那就是她。因為這麼一來我哥的死才會

有那麼點迷人。我需要木薩有個好藉口、好理由。在還沒學會識字前的那些年，連自己都沒意識到，我一直不肯承認他死得如此荒謬，我需要一個故事來包裹他的屍體。好了。我拉了拉媽的傳統長袍，她沒看見那女人。但一定是察覺到了什麼，因為她的臉色整個變得醜惡，口中吐出一句下流之極的粗話。我轉過身，那女人已經消失不見。然後我們就走了。我還記得通往哈朱特（Hadjout）的那條路，兩邊都是沒我們份的收成，赤燄般的太陽，跟滿是塵埃的巴士裡那些旅客。劣質燃油的氣味直讓我想吐，但我喜歡那激烈、幾乎給人覺得安慰的機械震動，就好像個父親把我們，我媽和我，從那巨大的迷宮拉出來，遠離樓房、被壓扁的人們、平民窟、髒兮兮的小孩，遠離暴躁的警察跟對阿拉伯人來說要命的海灘。在我們倆眼中，城市永遠都只會是犯罪發生，或是某些純真而古老的東西失落的地方。沒錯，阿爾及爾在我的記憶裡，就是個骯髒、墮落、吃人、不貞還有陰鬱的怪物。

　　但為什麼，今天，我又一次在座城市裡，就是這裡，瓦赫蘭，面對失敗呢？好問題。可能正是要懲罰我。就看看你的四周，這裡，瓦赫蘭，或是其他地方，彷彿大家都覺得城市欠他們些什麼，他們來這裡，就像要來掠奪外國一樣。城市是個戰利品，人們有如對待老妓女般的咒罵她、虐待她、往她嘴裡倒穢物，更不斷的拿她的過去－那曾經神聖而純潔村莊的往日－來褒貶她……但其實這些人根本離不開她，因為這裡是唯一可以朝向海洋的出口，也是距

離沙漠最遙遠之處。記下這個句子，很美，我覺得，哈哈。有首在這裡流傳的老歌神聖而純潔唱到：「啤酒是阿拉伯的，威士忌是西方人的」錯！這當然錯。我啊，自己一個人的時候常常把它改了：這歌是瓦赫蘭的，啤酒是阿拉伯的，威士忌是歐洲人的，酒保是卡必爾人[10]，街道是法國的，老拱廊是西班牙的……可以一直接下去。我住在這裡已經有幾十年了，也都還覺得不錯。海在下面，很遠，讓碼頭巨大的建築給壓在腳下。她不能從我身邊偷去任何人，也永遠碰不到我。

你看，我覺得很開心。多少年了，除了在我的腦海跟這個酒吧以外，都沒有好好的叫過我哥哥的名字。這國家的人習慣把所有的陌生人叫做「穆罕默德」，我呢，我把每個人都叫做「木薩」。這裡的服務生也是這個名字，你可以這樣叫他，他也覺得好笑。給死人一個名字，就跟給新生兒名字一樣的重要。是的，很重要。我哥哥名叫木薩。有關他生命的最後一天，我那時才七歲，所以知道的也就是跟你說的那麼多了。當年在阿爾及爾我們那條街的街名，我已經想不太起來了，就記得巴布瓦德（Bab-el-Oued）那個區，那邊的市場跟墓園。其他都消失不見了。阿爾及爾還是讓我害怕。她跟我無話可說，也不記得我跟我們一家了。你知道嗎，應該是 1963 年，就是阿爾及利亞獨立隔年的那個夏天，我回到了阿爾及爾，決心要自己去調查真相。然而，可恥啊，我在車站就打了退堂鼓。那天很熱，一身進城的穿著，我已經渾身不自在，而一切都太快，對我習

---

10 les kabyles 阿爾及利亞原住民，說卡必爾語。

慣收成與樹木緩慢循環的鄉下感官來說，像是天旋地轉。我當下就往回程走。什麼原因？不是很明顯嗎？我年輕的朋友：當時我突然覺得，如果真找到我們的老家，死亡也就終於會找到我們，媽和我。然後跟著死亡來的，是海，是不公平。這聽起來是很大驚小怪，是很像早就準備在那裏的台詞藉口，但這也是實情。

　　好啦，讓我試著仔細回想……當時我們是怎麼得知木薩的死呢？我記得有種看不見的雲霧飄蕩在我們那條街上，記得大人們悲憤的，指天畫地的大聲講話。媽先是跟我說，我們街坊的一個兒子，要保護一個阿拉伯女子跟他自己的名譽時，被隻白豬給殺死了。我想是到了晚上，擔心害怕才鑽進我們的房子裡，媽才一點一點明白。可能我也是這樣。突然間，我聽到細長的悲鳴漸漸擴散，變成哀號。聲嘶力竭的哭喊推倒我們的房子，炸開我們的牆，直要摧毀我們的街區，留我孤獨無依。我還記得我也哭了起來，沒有理由，就只因為所有的人都看著我。媽不知道去了哪裡，而我置身在屋外的混亂中，被不知什麼比我重要得多的事情給甩在一邊，捲進一種集體的災難裡面。是不是很怪？我胡思亂想，心說，「會不會是爸爸，他這次真的死掉了……」然後我加倍的嚎啕大哭。那夜好漫長，沒有人能睡，不斷來人致哀。大人們都用沉重的語氣跟我說話。無法了解他們跟我說的東西的時候，我就自得其樂的注視他們堅毅的瞳仁，激動揮舞的雙手跟腳上穿的窮人鞋子。到了清晨時刻，餓壞了的我終於不知在個什麼地方睡

著。我已經一再去挖掘記憶，但對那天跟之後一天，可以想起來的就只有這麼多；再有，就是庫斯庫斯 [11] 的味道了。那好像是個超級大日子，好像一座寬廣、深入的縱谷，我漫步其中；其他臉色凝重的小孩跟著，對我「英雄之弟」的全新地位表達敬意。以後就什麼都沒有了。一個人生命的最後一天是不存在的。沒有講故事的書，就沒有救贖，有的只是會破滅的肥皂泡泡。對我們荒謬處境最好的證明，好朋友，就是這個：沒有人有最後一天的權利，有的只是生命意外的終止。

　　我要回家了。你呢？

＊

　　對啊，服務生叫做木薩，總之在我腦中是這樣。另外這個，那邊，在後面，我也把他命名木薩。但他，他的故事完全不一樣。他比較老，八成是半個鰥夫，要不就是綁著剩半條命的婚姻。看他的皮膚，好像羊皮紙。他以前是個法語教學的教育督學。我認得他。但我不喜歡跟他正眼相對，不然他就會趁機鑽進我的腦袋，窩在裡面、佔住我的位置聒噪的對我講他的故事。跟那些悲傷的人，我都保持距離。後面那兩個？同類型的。這個國家僅存的酒吧啊，都像是魚缸，裡面都是些笨重的魚拖著游在缸底。人來到這裡，我猜，是想要躲避他的年紀、他的神或是他的老婆；可不一定依照這個順序啦……總之，我想你一定多少知道

11　Couscous 庫斯庫斯，或稱古斯米。是馬格里布地區的主食，也是阿爾及利亞、摩洛哥東部、突尼西亞和利比亞的主食。

這樣的地方。只不過打從前不久開始，這國家的酒吧一間間都被關了，害我們全都像受困的老鼠一樣，從一艘沉船要跳到另一艘去。等到了剩最後一間，我們一定要跟他們來硬的，我們人會很多，老哥。到時候就真正是最後的審判。我現在就邀你一起來，那日子不會遠了。你知道熟客都怎麼叫這間酒吧嗎？鐵達尼號。不過招牌上寫的是座山的名字：Djebel Zendel[12]。你看怎麼解釋。

不要，今天不要談我哥了。我們就把這破屋子裡其他的木薩全都看一看，一個接著一個，就像我常做的那樣，去想像大太陽下射出了子彈，他們的結果會是怎麼樣，想像他們怎麼能從不遇到你那個作家，或者，最後，想像他們都做了什麼，才可以到現在還不死。他們可是成千上萬，我跟你說。從獨立以來就行屍走肉的。在海邊晃盪的，安葬了母親的跟從陽台盯著外面一看幾個小時的。靠！這間酒吧有時候讓我想到你那異鄉人莫梭他媽的養老院：一樣的死寂，一樣的默默衰老跟一樣的生命盡頭儀式。我有點早就開始喝酒，而且理由充分：我那胃食道逆流的毛病，是晚上犯得厲害……你有兄弟嗎？沒有，很好。

沒錯，我喜歡這個城市，儘管我喜歡講她所有的醜惡，那些話我都不敢用來講女人的。人來這裡是要找錢，找海或找顆心。沒有人是在這裡出生的，全都來自這地方唯一那座山的後面。對了，我也奇怪是誰派你來，還有你怎麼找到我的。真的很難置信，你知道嗎？多少年來沒有人願意相信我們，媽跟我。最後，我們兩個人都只能夠真的埋

---

12 這座山因阿爾及利亞獨立戰事出名。具象徵意義。

葬了木薩。好，好，我會跟你解釋。

　　啊，又回來了……不，不要回頭看，我都叫他「酒瓶的幽靈」。他幾乎每天都來。跟我一樣勤。我們打招呼但從沒講過話。我之後再跟你說。

三

今天，媽媽老到幾乎像是她自己的媽媽，或者像她的曾祖母，甚至是像曾曾祖母。人到了一定年紀，老化，在重塑肉身的鬆軟衝擊中，會讓我們長出所有先人的特徵。所以到頭來，來世，可能就是這樣，一個沒有盡頭的長廊，所有的祖先依序，一個接一個排在那裡。他們就在那裡等著，朝活著的那個看，沒有一言，沒有動靜，耐心的表情，眼睛緊盯著一個日期。媽住的地方已經像個養老院，那間陰暗的小房子，還有她剩下那點身軀像最後一件手提包縮在那裡。這種因為老化帶來的縮小，跟人一生的漫長歷史兩相對比，常常讓我覺得不可思議。所以就是先人的大集會，全都濃縮在一張臉孔，圍成一圈坐著，都面對著我，像是要審訊，還是要問我到底找到個女人沒有。我不知道我媽媽的年紀，她也一樣不知道我的年紀。獨立以前，人們過日子是不需要明確日期的，生活就由孩子出生、傳染病、荒年……等來標記時間。我的祖母死於傷寒，這段劇情就夠創造一個日曆。記得我爸爸離家那天應該是十二月一號，而此後，可以這麼說，這天就變成是標示心的溫度的指針，或是嚴冬開始之時。

真相啊？真相就是現在我很少去看我媽媽。她住的那

間房子，上頭的天空有個死人飄啊晃的，還有一棵檸檬樹。
她從早到晚掃個不停，哪個角落都不放過。把痕跡都掃掉。
誰的？什麼痕跡？這個嘛，就是我們的祕密的痕跡，一個
封印的夏日夜晚，驟然將我永遠的推進男人的年紀⋯⋯有
點耐心，我會跟你講的。所以，媽住的地方比較像村莊，
哈朱特，以前叫馬函枸（Marengo）[13]，離首都七十公里的
地方。在那裡，我度過了童年下半段，跟部分青少年時期，
然後就到阿爾及爾去唸書，也在那裡學了一個專業（土地
測量），結果回到哈朱特做，而這個工作裡的例行公事大
大的滋養了我的沉思空想。我們，我媽媽跟我，盡可能將
我們跟大海噪音間的距離拉得越大越好。

　　我們重新照著順序說吧。就在我確定看見翠碧答的這
個特別日子，我們離開阿爾及爾，去一個舅舅家，在那裡，
不管人樂不樂意，我們在個豬窩住了一陣，直到原來收留
我們的人決定要將我們趕走。之後我們在個殖民者農場空
地上，一間小小的工寮住下來；媽什麼都做，而我就是個
奴僕小廝。那老闆是個癡肥的亞爾薩斯人，我猜他最後應
該是被一身肥油活活悶死的。據說他虐待偷懶工人的方法
就是在他們的胸口坐下來。還說他腫大的喉嚨裡面堵著一
具阿拉伯人的屍體，生吞下去後，在死亡跟軟骨間折成一
半橫卡在他的喉管裡。關於那段時日，我還有畫面的是一
個年老神父偶爾會拿吃的來給我們，是我媽媽拿麻布袋幫
我做的衣服，是大日子的時候用粗小麥粉做的餐點。不想
跟你講我們那些悲慘了。因為在那時候，就只是飢餓，還

13　阿爾及利亞獨立後改名。卡繆《異鄉人》之主人翁莫梭之母親養老院所在地。

不是不公平不正義。晚上的時候，我們玩彈珠，到了隔天，如果哪個小孩沒有來玩，就是說他死掉了……而我們還是照樣玩。那是傳染病跟饑荒的年代。鄉下的生活非常苦，揭開城市掩蓋的，就是整個國家餓到半死。當時我總是害怕，尤其夜裡，聽到男人陰沉的腳步聲，他們都知道媽沒有人保護。一個個提防跟警戒的夜晚，抱緊胸口。我還真是我爸爸－夜班警衛－的繼承人，*ould el-assasse*，夜班警衛之子！

　　很奇怪的，我們就落腳在哈朱特的周邊，要過了好些年後才有個像樣的住處。不知用了多少心機，又靠著多少耐心，媽才成功得到我們的房子！她是不是還住在裡面？我不知道。總之，就是讓她嗅到個大好機會，而且我得說，她的品味還真是不錯。哪天她走了，我再邀你去她的葬禮。那時她帶著我這拖油瓶，找到個打掃女傭的工作，然後她等，等獨立的到來！坦白說，那個房子原來是一家殖民者的，他們倉皇逃走，而我們在剛獨立那幾天就成功的先佔據。那棟房子有三個房間，每間牆上都貼著壁紙；在中庭，一株矮檸檬樹釘住了天空；旁邊，有兩個小棚子，而屋前是木製的大門。我還記得沿著牆緣那帶來綠蔭的葡萄籐，還有眾鳥刺耳的嘰嘰喳喳。本來媽跟我睡覺的那個小工寮，如今是個鄰居的雜貨鋪。但你了解吧，我不喜歡回想那些日子。那時候，我就像是被迫要乞討憐憫。十五歲，我就在一個個農場工作。那時工作很難找，而離我家最近的農場有三公里遠。某一天早上，我天沒亮就起來；你知道我

是怎麼找到工作的嗎？跟你說實話，我是把另一個工人的腳踏車輪胎給扎破了，趕在他之前就到了農場去毛遂自薦，搶了他的飯碗。沒錯，飢餓啊！我不是要裝可憐，但是從我們的豬窩到殖民者的房子，那短短十幾米的距離，我們可是經過多少年的做牛做馬，像在惡夢般的泥沼、流沙裡舉步維艱，付出多少代價才走到啊？我記得是花了超過十年的時間，我們才終於親手摸著那棟房子，宣告它被解放：這是我們的財產了！是，是，我們跟所有人一樣，從自由的第一天起，就打破大門，搶奪餐盤跟燭台。到底怎麼回事？這說來話長。我有點失去條理了。

　　這房子的每個房間總是很陰暗，採光非常不好，看起來簡直像是個守靈的地方。我每三個月去一次，去那裡無聊發睏，看我媽媽一兩個小時；之後，就大眼瞪小眼。我喝杯黑咖啡，起身走人，直接往酒吧去，又開始等待。哈朱特，跟當年你那英雄給他所謂的媽媽扶棺時都一樣，景色都沒變。除去那些用空心磚新蓋的假石頭牆、商店的外觀、幾乎無處倖免的大量空屋，其他看起來都沒變。我？懷念法國殖民的阿爾及利亞？才不是，你沒聽懂。我只是要跟你說，在當時，我們阿拉伯人，給人的印象是在等待，而不像今天那種原地打轉的樣子。我對哈朱特跟周圍地方熟到不能再熟，連路上每顆小石頭都清楚。這村莊變得臃腫，也變得比較沒秩序。松樹都不見了，山丘也沒了，都是因為四處那些蓋不完工的別墅。鄉間沒有小路。對了，連鄉間也不見了。

　　我覺得這裡是活著的人不必離開地面，就最可以親近太陽的地方。至少在我童年記憶裡是這樣子。但現在，這地方，我已經不喜歡了；而且一想到哪一天我要被迫回到這裡安葬媽，就會覺得不安。媽似乎還不打算死去。但到她的年紀，過世已經無可大驚小怪。有一天，我問了自己一個問題；一個你和你們那些人從來不問，卻是解開謎團第一把鑰匙的問題。你那英雄媽媽的墳墓在哪裡？在哈朱特那邊，對，他是這麼講沒錯，但確切是在什麼地方呢？有誰去過嗎？有誰真的爬出書本上去養老院嗎？有誰真的從墓碑上刻的文字去找到線索嗎？一個人也沒有，我跟你說。我，我有去找這座墳，但怎麼都找不到。在這個村子裡，名字很像的有一大群，但那殺人犯他媽的名字就是怎麼都找不到！對，沒錯，是可以這樣解釋：在我們這裡，去殖民化甚至去到了殖民者的墓園，我們常看到小孩拿挖出來的骷髏頭當球踢著玩，我知道。在這裡幾乎是種傳統，當殖民者落荒而逃，留給我們的就是三樣東西：骨頭，馬路跟文字－或者是死人……只不過我從來沒能找到他媽媽的墳墓。會不會是你那英雄對他自己的出身說了假話？我覺得是。這樣他那傳奇般的無動於衷，還有在這灑滿陽光遍地無花果樹的國家，他還能有那無從理解的冷漠，就都說得通了。可能他的媽媽根本不是我們以為的那位。這是隨便講講沒錯，但我保證我的懷疑是有根據的。你那英雄講了葬禮太多的細節，讓人覺得他不是記錄事實，而是在編故事。覺得那是手工精製的重新建構，而不是講出心裡

話。是個太完美的脫罪證據，不是真的記憶。你有辦法想像，如果我可以證明現在跟你說的這些，如果可以揭發你那英雄根本沒有參加他媽媽的葬禮，會帶來什麼後果嗎？好多年後，我去問了好多哈朱特的當地人，你猜怎樣？沒有任何人對這名字有印象，沒人記得有個死在養老院的女人跟大太陽下的天主教送葬隊伍。只有一個媽媽可以證明這個故事不是編出來的脫罪證據，那就是我媽媽；而她還繞著我家庭院中間的檸檬樹掃啊掃個不停。

你要我揭開我的秘密，應該是說媽跟我，我們的秘密嗎？那正是在哈朱特，在那裡，一個恐怖的夜晚，月亮逼著我去完結了你那英雄在太陽下起頭的大作。每個人都有自己的星宿跟媽媽可以當藉口。不斷的去挖掘一個深坑，天啊，我好痛苦！看著你，我問自己你真的值得信任嗎？你會相信這絕對前所未聞，另一種版本的事實嗎？啊……我懷疑，我不知道。不，算了，現在不要，我們之後再看看，說不定哪天會有可能。我相信你要的是事實，不是枝微末節，不是嗎？

在木薩的謀殺之後，我們還住在阿爾及爾，我媽媽把憤怒轉化成一種漫長而戲劇性的服喪，這不但獲得鄰居的同情，更使得沒人敢對她指指點點，讓她可以理直氣壯上街、跟男人平起平坐、在別人家幫傭、賣香料、幫人打掃……。她的女性特質宣告死亡，也不能被懷疑有野男人。那段時間我很少見到她；時常，她在城裡奔走，自己去調查木薩的死因，去找認識他、認得他或是在這 1942 年最後

一次見過他的人探聽，而我則一整天枯等著她。有些鄰居會給我東西吃，街坊其他的孩子就像看待重病或是重傷的人一樣，對我畢恭畢敬。「死者弟弟」這個身分，幾乎可以說是挺好的。事實上，要直到接近成年的時候我才開始感到痛苦；因為我學會了閱讀，了解到我哥哥遭受的是怎麼樣的不公平，死在一本書裡面。

在他死後，時間於我不再以相同方式流轉。足足四十天的日子，我過得絕對自由，直到葬禮終於舉行為止。地區的伊瑪目有點不知所措，失蹤者的葬禮不是常常會有……因為木薩的屍身一直找不到。後來我才漸漸知道，媽媽到處都去找過木薩，去停屍間，去貝爾庫區的警察局，能找的地方她都去找了，徒勞無功。

木薩失蹤了，澈底的死了，只留下完美的不可理解。在那個沙與鹽之地，只有他們兩個，他跟殺人犯，就兩個人。那時我們對那殺人犯一無所悉。就只知道<u>那個歐洲異教徒</u>，「那個異鄉人」。鄰居有人把報紙上的照片指給我媽媽看，但對我們來說，他就是所有竊取太多收成而變癡肥的殖民者化身。除了咬在兩唇間的香煙，沒有什麼突出的地方，讓人很容易忘掉他的特徵，看起來跟他同胞們都一樣。我媽媽去了好些個墓園，煩過好些我哥以前的夥伴，還想要去找你那英雄講話，但人家後來只對牢房蓆子下找到的一張報紙有興趣 [14]……這些最後都是白費工夫。而我媽媽卻因此練就了喋喋不休，更將她的服喪變成一齣動人大戲，演得出神入化，達到了傑作的境界。她像是二度寡

14　參見卡繆《異鄉人》第二部分第二章。

婦，能把悲劇做成買賣，讓每個靠近的人都要付出同情為代價；還發明了一大套疾病，隨便一個偏頭痛就能把街坊鄰居這個大家庭通通集合過來。她常常把我當孤兒一樣的拿手指著我；很快的，也不再給我關愛，取而代之的是睇著的懷疑眼神，跟下命令的堅決目光。多奇怪啊，我被當死人，而我哥哥木薩被當做生還者看待：傍晚給他熱咖啡，幫他鋪床，也不管阿爾及爾下方距離我們當時被困住的街區有多遠，翹首盼望他的腳步聲。我呢，不能提供任何新奇，註定就是要當配角。我覺得自己一方面因為活著而心中有愧，另一方面還得對一個不是我的生命負責。守衛，*assasse*，就像我爸爸，另一具身體的守衛。

我也記得那奇怪的葬禮。好多好多人，直到深夜不停的談話，好多燈泡跟無數的蠟燭讓我們這些小孩子眼花撩亂，然後墳墓是空的，禱告的對象也不在場。經過四十天符合教規的等候，木薩被宣告死亡，讓海浪帶走。我們莫名其妙的辦了伊斯蘭規定的溺死者葬禮，做完這荒謬的儀式，人群就散去，除了媽媽跟我。

到早上的時候，窩在被子裡都還覺得冷，我發著抖。木薩已經死了有好幾個星期。聽著外頭的聲響－腳踏車經過、陶唯老不停的咳嗽、椅子的嘎拉作響、鐵捲門拉起的聲音……在我腦海，每一個聲音都聯繫著一個女人、年紀、麻煩、脾氣，甚至聯繫著這天晾在外面的那種布料。這時有人敲門，街坊的女人來看媽。這套劇本我已經爛熟於胸了：一陣沉默之後，接著是嚎啕大哭，接著是安慰擁抱；

其他人還哭著，一個女人會掀起將房間一分為二的布簾，看著我，含糊微笑，然後找到咖啡壺或是什麼東西拿出去。整套過程要持續到快中午。我雖是樂得全然自由，也還是因為被當成隱形人而多少有點氣憤。要直等到下午，儀式性的將浸過橙花水的布巾圍在頭上，沒完沒了的啜泣後再經過了一陣很長，很長的沉默，這時候媽才想起我，把我抱在懷裡。然而我知道，她想找回的是木薩，不是我。可我還是任她抱著。

　　某方面來說，我媽媽變得很殘酷。她還有一些新的怪習慣，好比她常常要清洗全身，或是一有機會就要去外面的公共澡堂，然後回家時又恍恍惚惚而悲悽的樣子。她也常去 Sidi Abderrahmane 的陵寢 [15] 朝拜－都是星期四，因為星期五是侍奉神的日子。對這個地方，我的記憶混雜著綠色的衣料，巨大的吊燈，燃香的氣味，眾多女人哭喊乞求要個丈夫、要生小孩、要愛情或是要報仇……還有她們身上那讓人窒息的香味。在這個名字跟預兆被祕密的呢喃，陰暗而溫熱的空間裡，想像一下這樣一個女人：從原本的部落被搶來送給一個從沒見過面的丈夫，這個丈夫還一找到機會就逃離她，而她現在是個死人的媽媽，也是個太過沉默而不會回嘴的小孩的媽媽，雙重的寡婦，如今還被逼得要在歐洲異教徒家裡工作求生。但其實她殉難得越來越自在。跟你說真的，我現在更能夠了解你那英雄為何是對他媽媽，而不是對我哥哥拖拖拉拉。很奇怪，是不是？你問我愛不愛我媽媽？當然愛！在我們這裡，母親就是半個

15　阿爾及爾的保護者，伊斯蘭聖賢 Sidi Abderrahmane 的陵寢。眾多婦女信眾前來朝拜，乞求婚姻，愛情……等各種問題的答案。也成為婦女互吐苦水的地方。

世界。但是我從來沒有原諒她那樣對我。彷彿是為了死者在責怪我，但我一直打從心裡拒絕去承受，而因為這樣她更懲罰我。我也不知道為什麼，從骨子裡我就抵抗，而她模模糊糊感覺得到。

媽有把幽靈弄活的本事，顛倒過來，也能夠用她編造的故事滔天巨浪般把身邊的人淹沒，毀滅。我跟你保證，她雖然不識字，但要是說起我們家庭，我哥哥的故事，她講得比我精采多了。她說謊的目的不是要騙人，而是要訂正事實，消弭那衝擊她也衝擊我的世界之荒謬。木薩的離世打倒了她，但很弔詭的，也給她帶來一種病態的愉悅，就是無止境的服喪。好長的日子裡，沒有哪一年我媽媽不是信誓旦旦的說找到木薩的身體，說聽到他的呼吸或是腳步聲，說認出他的鞋印。這些話一直都讓我覺得丟臉到極點，直到後來，逼著我去學會一種可以在我媽媽的瘋狂跟我之間築起堤壩的語言。對，這個語言。我現在用來閱讀，用來表達自我的語言，那個不屬於媽媽的語言。媽媽她的語言，很豐富，有畫面，充滿生氣、跳躍、即興，但就是不能精確。媽的哀怨持續太長，使得她必須發明一套新的語彙去表達。用這套語言，她說起話來像個先知，感召了一群動不動就哭的女人，而她的全部生活就是這件難堪的事：一個被空氣吞沒的丈夫，跟一個被海浪吞沒的兒子。我要活下來，就必須要學一個別的語言。正是我現在講的這個。在我差不多十五歲的時候，也就是我們避居哈朱特的時候，我變成一個嚴肅而認真的學生。你那英雄的書跟

語言，逐漸的讓我可以用不一樣的方式命名事物，用我自己的字彙去構築世界。

去，叫木薩再給我們端上酒來。天黑了，離酒吧關門還有幾個小時。時間不多了。

在哈朱特，我也找到了伸手可及的樹木跟天空。好不容易進了一間裡面有幾個跟我一樣的小土著的學校。這讓我稍稍忘卻媽，忘卻她看我長大看我吃飯時那種叫人不安的樣子，那好像她要拿我去獻祭的樣子。那些是很奇怪的年月。彼時，我在街上，在學校或是在工作的農場，都覺得自己是活著的，但一回到家裡，就覺得進到墳墓或是生病的肚子裡面一樣。媽跟木薩，用他們各自的方式在家裡等著我；好像我沒有在為家族復仇霍霍磨刀的時間都是浪費掉的時間，都有義務得去解釋，得要說出個理由。在我們住的區域，大家都覺得我們棲身的破房子是嚇人的地方，其他小孩叫我「寡婦的兒子」。人們害怕媽，懷疑她是犯了什麼奇怪的罪，不然幹嘛要離開城市到這個地方來給歐洲異教徒洗碗？我覺得我們到達哈朱特那天，當地人一定是像看齣奇怪的好戲一樣瞧著我們：一個將兩張報紙小心翼翼折好藏在前胸的媽媽，一個低頭盯著赤腳的青少年跟幾袋破行李。那個殺人犯他在這個時候，還在攀爬他榮耀之路的最後幾步臺階。那是在 1950 年代[16]，那時的法國女人在她們短而花俏的洋裝裡，有著可以咬太陽一口的乳房。

跟你說說哈朱特？除了媽以外，我周邊都有哪些人？我還記得 M'rabti 那家人的外型，他們原本是高原地區聖徒

16　《異鄉人》作者卡繆於 1957 年獲得諾貝爾文學獎，意外死於 1960 年。阿爾及利亞對抗法國殖民者的獨立戰爭始於 1954，到 1962 年宣告獨立。

陵墓的守陵人，後來都移居到富饒的米提加地區，以採集葡萄跟清洗水井為生。還有那些 El-Mellah 人，你可以直譯叫他們「鹽人」。他們是以前馬格里布地區猶太人的後裔；這稱呼是來自他們的祖先被迫要，就是用鹽，保存被蘇丹砍下的族人頭顱。還有哪些可以見證我的童年？我不太記得了，有些不完整的印象是關於鄰居的爭吵，被單衣服被偷走之類的。M'rabti 的一個小孩教過我，偷了東西後，要怎麼倒退的走在原來的腳印上，才不會讓看守田地的人循著足跡逮到作案者。在那個年代，就像我先前跟你講的，人的姓氏跟出生年月日一樣的模糊而容易消散。我，是 *ould el-assasse*，「夜班警衛的兒子」；而媽是 *armala*，「寡婦」：很奇怪而去掉性別的身分，用來表揚沒完沒了的服喪，比較像嫁給了死亡，而非是個死者的妻子。

是啊，現今媽還活著而我一點也不在乎。我很自責，跟你說真的，但我不能原諒她。她一直把我當做她擁有的東西，不是當兒子。現在她什麼都不講了。可能是因為木薩的身體已經切到沒得切了。我不斷想起她在我的皮膚裡面鑽爬，她在訪客面前佔據我的位置說的話，還有她陷入憤怒時那兇惡的力量跟瘋狂的眼光。

我以後一定帶你一起去參加她的葬禮。

*

夜晚剛讓天空的頭轉向無垠。當沒有太陽讓你張不開

眼時，你看到的是神的背脊。沉默。我討厭這個詞，我們
聽到的是它具有太多意義帶來的嘶吼。每當世界不出聲的
時候，一個粗糙的呼嘯就會貫穿我的記憶。你要再來一杯
還是想走了？決定好，想喝就要把握時機。再過幾年，有
的就只剩沉默跟水。嘿，酒瓶幽靈又回來了。我常遇到這
個人，很年輕，大概四十多吧，看起來很聰明，但跟他的
時代確信的東西格格不入。對，他幾乎是每天來，跟我一
樣。我呢，我佔著吧台的一邊，他一般佔另一頭，靠窗那
邊。不要回頭看，別，不然他又要消失了。

四

　　我跟你說了，木薩的身體一直沒找到。

　　我媽媽，因為如此，硬在我身上安了一個轉世重生的責任。才發育得稍微壯一點，也不管是不是太大，就要我穿上死者的衣服：他的 T 恤背心，他的襯衫跟他的鞋子……一直穿到破為止。我也不准離她太遠，不准自己去散步，不准在陌生的地方過夜；還住在阿爾及爾那時候，海邊都不准去探險，海就更是不用說了。媽教得我極度恐懼那溫柔的牽引，嚴重到直至今日，當腳底板在浪花消散處讓海灘細沙浸沒時，都讓我覺得就要溺斃了一樣。媽，打從心裡希望永遠可以這樣相信：是那海浪帶走了她兒子的身體。我的身體卻因此要變成是死者的<u>遺跡</u>，而我最後也服從了這道無聲的命令。這就完全解釋了我身體的孱弱，也解釋了儘管我有停不下來的聰明，卻其實心無大志。以前我常生病。每當這種時候，她總用一種交雜著原罪的關注，日以繼夜地照顧我的身體，而那悉心呵護，也沾染著些無以名之的亂倫感覺。身上哪怕是破了點皮，我就會像是傷害了木薩本人一樣的被指責。我也因此被剝奪了我的年紀應該有的神聖歡愉，被剝奪了青少年那祕密的情色慾望跟感官的甦醒。我變得不說話而總覺得羞恥。我不敢去公共澡

堂，我不玩團體遊戲；冬天的時候，我穿上傳統的長袍來
迴避他人的目光。要經過好多年後，我才能跟我的身體，
跟我自己自然的相處。你以為，我只有今天才特別這樣僵
硬嗎？其實是因為活著帶來的罪惡感，讓我的體態一直都
是這麼僵硬。我的雙臂一直都像癱瘓，臉色永遠灰撲撲整
個人看起來總是陰鬱而悲傷。我還真的是守夜人的兒子，
到今天都一樣，睡得很少也睡不好；我總是恐慌，覺得一
閉上眼睛，就會跌進不知什麼地方，失去我的名字而無以
定錨，飄蕩無依……媽把她的所有恐懼，而木薩把他的屍
體，都傳給我了。一個被他媽媽跟死亡給禁錮的青少年，
你要他能怎麼辦？

　　我記得有那麼幾天，很難得的，我陪著媽媽去阿爾及
爾街頭打聽失蹤哥哥的消息。她走得很急，我緊緊跟著很
怕走丟，眼睛一直盯著她的布袍。就這樣，有種很奇妙的
親密，產生了一些短暫的溫柔。藉著她寡婦的語言跟精心
策劃的啜泣，她搜集到很多線索，然後將真正的消息跟她
前晚夢境的片段攪在一起。一切都還歷歷在目，我記得我
們闖入了法國人區，媽驚慌害怕的緊抓著木薩一個朋友的
手臂，口中唸著那些刑案證人的名字，然後一個一個給他
們取上奇怪的綽號，像是「Sbagnioli」，「El-Bandi」[17] 這
些。她把你那英雄說養著一條狗的鄰居 Salamano 叫成「Sale
mano」[18]。她還發誓要取下 Rimon 的人頭；其實她說的就
是雷蒙 Raymond[19]。我哥哥之所以會死，那個道德、娼妓跟
榮譽的一團混亂就是這個雷蒙搞出來的。但他後來就消失

17 指卡繆《異鄉人》中的人物。Sbagnioli 是西班牙人，El-Bandi 指幫派份子。
18 卡繆《異鄉人》中的人物 Salamano。叫成 Sale mano 是 sale，骯髒。mano，手。
19 卡繆《異鄉人》中的人物雷蒙 Raymond。

無蹤，我甚至懷疑到底是不是真有這個人。就好像我後來也懷疑命案發生的時間、懷疑殺人犯眼睛裡是不是真的進了鹽，有時候，甚至懷疑我是不是真的有個哥哥木薩。

　　是啊，我們是個奇怪的雙人組合，就這樣在首都踏察！好久以後，那時這個故事已經變成了一本名著離開了這個國家，無視犧牲的祭品來自媽媽跟我，沒留給我們任何榮耀，但我還是不斷在連串記憶裡面重回貝爾庫區，再去模擬一樣的調查，一個個門面、一扇扇窗戶的去搜尋線索。媽媽跟我，我們晚上回家總是精疲力盡又一無所獲，只有鄰居對我們投以怪異的眼光。我想，在街坊眼中，我們應該是很讓人覺得同情的。有一天，媽終於追上一條很弱的線索：有人給了她一個地址。當我們在安全範圍外摸索的時候，阿爾及爾就像個危險的迷宮。但媽知道要怎麼因地制宜。她毫不猶豫的走著，穿過一個墓園，一個棚下市場，經過好幾間咖啡廳，經過注視、咆哮跟汽車喇叭聲的叢林，而最後，她嘎然止步，停下來認真的查看街道對面的一間房子。那是晴朗的一天，她走得好快，我讓她拉著，喘個不停。一路上，我都聽到她嘴裡不斷罵著粗口跟詛咒，乞求神跟她的祖先，也好像是乞求神自己的祖先。我有點被她的激動感染，但卻不清楚到底為了什麼。那間房子有兩層樓，窗戶都關著，其他就沒有什麼特別。街上，那些歐洲異教徒對我們投以不友善的眼光。而我們默默的站在那裡，好久。一個小時，也可能是兩個小時後，媽終於，就像完全忘記我存在似的，堅決的衝過馬路去敲打大門。一

個法國老婦人出來開了門。太陽直射，老婦人看不清楚背
光下的來人，要把手遮在額前，才有辦法仔細端詳那面容；
而我立即看到她臉上從不安、不解變成驚慌。她滿臉漲紅，
眼中都是恐懼，隨時就要尖叫。我意會到媽正在沒完沒了
的詛咒她。她開始激動起來，在門口試著要把媽推開。我
為媽擔心，為我們擔心。突然間，老婦人在門前臺階昏倒，
失去意識。路過的人停下來觀看，我從身後他們的影子，
可以發現人一群群從兩邊聚過來；突然間有人說：「警察！」
接著一個女人的聲音用阿拉伯語對著我媽呼叫，叫她趕快，
快跑，快。這時媽才回過身來，像是對著全世界的異教徒
大聲的嘶吼：「讓大海把你們全都吞了！」然後她拉起我
的手，我們像瘋子一樣的狂奔。等到我們終於回到家，她
就陷入沉默。什麼都沒吃，我們就去睡了。不久以後，她
跟鄰居解釋說她找到了殺人犯長大的房子，而她詛咒了那
人的祖母；應該是祖母，她補充說：「或者是他的親戚，
反正至少是跟他一樣的歐洲異教徒就對了。」

　　殺人犯住在一個距離海邊不遠的區；但是過了好幾年
以後，我才發現，他可以說是沒有地址的。是有那樣一間
房子，在一家咖啡廳的上方疊著另一層樓，幾棵樹稀疏得
不成屏障，而且當時那些窗戶一直都是關著的。我認為媽
詛咒的是個不知名的法國老婦人，跟我們的悲劇並沒有關
係。在獨立很久之後，一個新的住客把所有窗戶都開了，
也讓祕密的最後一點可能性煙消雲散。講這麼多，是要告
訴你我們從來沒有真的碰到過那殺人犯，從沒能直視他的

眼睛或了解他的動機。媽去詢問了那麼那麼多的人，到後來我都覺得丟臉了，覺得她像是跟人乞討金錢而不是去打聽線索。這些調查在她是對抗痛苦的儀式，而在法國區裡來來去去，不管有多麼不恰當，變成了她漫長散步的機會。我還記得那一天，終於，我們前去偵訊最後一個證人：大海。天色灰暗，而距離我幾公尺外，就是那巨大無涯，就是我們家庭的大仇人，就是擄走阿拉伯人跟殺死身穿藍色工人裝混混的兇手。這就是媽的名單上的最後一名證人。到了海邊，她口誦聖徒 Sidi Abderrahmane 之名，也一再口誦神的名字，先對我下了要離海水遠點的命令，然後就坐下來，揉著她酸痛的腳踝。我是站在她身後，面對著犯罪跟地平線之巨大無涯的小孩。哇，請你一定要把這個好句子記下來。那我到底有什麼感受呢？什麼也沒有。有的只是吹在我皮膚上的風；那已經是兇殺案發生之後的季節，秋季的風。我感覺到鹽份，我看到海浪濃密的灰色。沒別的了。海，就像堵有著柔軟且不斷移動邊緣的牆。遠方，在天上，有著厚重的白雲。我開始撿沙灘上的東西：貝殼，酒瓶的碎片和木塞，深色的海帶。大海什麼也沒跟我們說，而媽在海水邊繼續挫敗的蜷縮著，像是趴在墳墓上。最後，她終於站起來，很嚴肅的看著右邊，然後左邊，用粗糙刺耳的聲音喊道：「神會詛咒你！」之後她抓住我的手，把我從沙灘拉走，就像平常一樣。而我跟著她。

　　就這樣，我過的是活死人般的童年。當然有一些個幸福的時刻，但比起漫長的服喪哀悼，那能算什麼？你那麼

有耐心的忍受我這自大的獨白，不是因為要知道這些吧？話說回來，是你來找到我的，我也很奇怪你是怎麼有辦法追溯到我們！你來這裡，是因為你以為有辦法找到木薩或他的身體，確定兇殺的地點，然後去跟全世界大聲宣布你的發現；我以前也想這樣。我了解。你啊，是想去找到一具屍體，但我是想把他甩開。而且你要相信，我想甩開的屍體不只一具！但是木薩的身體永遠會是個祕密。在那本書裡，沒有一個字講到這個主題。這種抹滅是多麼驚人的殘暴啊，你不覺得嗎？子彈擊發，殺人者就當下扭頭，鑽進一個他覺得比阿拉伯佬的生命有趣得多的神祕裡面。就繼續他那介乎發昏跟殉道間的旅程。我哥哥<u>杜季</u>，他，則被默默的從舞台移走，被堆到不知什麼地方去了。沒被看見，沒被辨識，就是被殺。讓人覺得他的身體是被神親手藏起來的。在警方的筆錄裡、在開庭的時候、在書裡跟在墓園裡都找不到一絲痕跡。什麼都沒有。有時候，我會不斷胡思亂想，跑出極其瘋狂的念頭。說不定是我，該隱[20]，殺死了我兄弟。在木薩死後，多少次我都還想殺死他，好讓我能擺脫他的屍體，好讓我能找回媽失去的溫柔，好讓我重新主宰我的身軀與感官，好讓……這個故事也真太奇怪了。是你那英雄殺了人，但卻是我在承受罪惡感，是我被迫要遠走他鄉……

　　最後我還記得一件事情，就是星期五到巴布瓦德區的山上去探訪來世。我說的是 El-Kettar 墓園[21]，也就是「香水場」墓園，這樣叫是因為附近有一個古時候的茉莉花精

20　該隱，聖經人物，亞當與夏娃的長子，亞伯和塞特的哥哥。他殺死弟弟亞伯而受神懲罰。古蘭經雖然沒有出現這個名字，但有這個人物，只是用亞當之子代稱。
21　位於阿爾及爾，19 世紀以來即為最大的穆斯林墓園之一。

提煉場。隔週的星期五，我們都會去木薩的空墳掃墓。媽哭得唏哩嘩啦，讓我覺得又誇張又荒謬，因為那個洞裡根本什麼都沒有。我記得地上長的薄荷、樹木、彎彎曲曲的小徑，跟藍天下媽的大白長袍。我們的街坊四鄰通通知道這個洞裡什麼都沒有，只有媽不停把她的祈禱跟編出來的死者生平往裡面填塞。你信不信，是在這個地方，我對生命有了覺醒。是在這裡，我了解到我存在這世界上，也應該有用火的權利。縱使我必須把一具屍體推到山的最高峰，再看它滾下來，週而復始沒完沒了；縱使我所處的狀態如此這般荒謬，對，我有這個權利[22]！那些日子，那些在墓園度過的日子，是我最早開始朝向世界祈禱的日子。今天我還可以想出更好的祈禱文。而在那個時候，要怎麼跟你解釋呢？我晦澀的發覺了某種形式的感官經驗。光線的角度、天空明耀的藍、還有清風都在我身上喚醒了一些東西，那是遠比欲求得到解決而產生的單純滿足，都更加難以捉摸的東西。你記得吧，那時我還不到十歲，在那個年紀，我還是很依戀媽媽的乳房。這個墓園對我有著遊樂場的吸引力。我媽媽怎麼也不會想到，是在這裡，有一天我默默的吼了木薩，要他少來煩我，而徹底將他埋葬。正是這個El-Kettar，阿拉伯人的墓園，如今變得骯髒，被逃犯跟醉鬼佔據，聽說每天晚上都有人去偷墓碑大理石的 El-Kettar 墓園。你想去看看？那是白費力氣，你什麼人也看不到，更找不到那座墳的一點遺跡；那座被當做先知約瑟的井[23]來挖的墳墓。沒有屍身，我們什麼也不能證明，媽什麼權利

22 火、荒謬、與推上山再滾下來週而復始……等敘述都來自希臘神話以及卡繆的著作《薛西弗斯的神話》。

23 約瑟是希伯來聖經創世紀以及古蘭經中的人物。伊斯蘭教認為他是先知。約瑟的兄弟嫉妒而要陷害他，將他丟進一座井裡。後來想要把他賣了當奴隸，回去卻找不到他，井裡空空如也。

都得不到。不僅在獨立前沒有收到任何道歉，獨立後也拿不到撫卹。

　　說正經的，應該要一切從頭來過，採取不一樣的途徑，比方說，用書本的途徑；更具體的說，就是用你每天都隨身帶到這個酒吧的那一本書作為途徑，一切重來。我是在出版二十年後讀到它的，立刻就被那精緻的謊言，還有它與我生命歷程的神奇契合所震撼。那個故事很奇怪，不是嗎？讓我們摘要一下：這裡面有好多段自白，都是用第一人稱書寫，但除了這些就沒有其他的東西可以控告那個異鄉人莫梭了；他媽媽從來沒存在過，對他來說更加不存在；木薩是個阿拉伯人，但可以被千千萬萬個同類替換，甚至拿隻烏鴉、拿株蘆葦或隨便什麼東西來替代他都可以；海灘消失在步履的痕跡，也消失在水泥建築物之下；除了一個星宿：太陽，沒有其他的目擊證人；那些原告都是一些離鄉背井的文盲；最後，那整個審判是場化妝舞會，是荒腔走板的殖民者的原罪。當你在一個荒島遇到一個人，跟你說他前一天殺死了他的星期五，你該拿他怎麼辦呢？什麼也不能辦！

　　某一天，我在電影裡看到一幕，一個男人爬著漫長的階梯上祭台，在上面他會被割喉獻祭讓不知什麼神明息怒。他低著頭，走得很慢，很沉重，看起來精疲力盡、心灰意懶、屈服，更像是他的身體已經不屬於他的，行屍走肉了。我被他的認命，那種迷幻般的被動所震驚。大家可能會以為他是完全被擊垮，但我知道他那純然只是心不在焉。看

他把自己的身體當成是那麼大的負擔扛在背上，看那種方式，我就知道了。因為，就跟這個人一樣，我感覺到比較多的是承受負擔的疲累，反而不是要被當祭品的恐懼。

*

　　今晚，好好看看這個了不起的城市，是不是像個精采的對位。我想，只有一些無垠、無涯的東西，可以平衡我們人的存在狀態。我喜歡夜裡的瓦赫蘭，雖然鼠患越來越嚴重，雖然有那麼多骯髒又猥瑣的建築物每天在那裡重新粉刷油漆；但在這個時刻，人們彷彿在他們的重複日常之外，還有權期待一些別的東西。

　　明天你還來嗎？

五

　　我很欣賞你那種足智多謀朝聖者的耐心，我覺得我開始喜歡你了。好不容易，我終於有機會可以講這個故事……但這個故事帶著種，像是個老妓女因為經歷太多男人而變得身心麻木的味道。也像是張散落到世界某處再被揀回來晾乾、黏黏補補，而因此失去原樣的羊皮紙，上面的文字卻已經被分析研究到極致。但你竟然在這裡，坐在我身邊，期待著新意，期待著前所未有的東西。這個故事不坐落在你那純粹的探究，我跟你保證。要照亮你的路途，你得找一個女人，不是一個死人。

　　我們點昨天那種酒？我喜歡它的粗獷，新鮮。之前，有個酒廠老闆跟我大吐苦水。找不到做酒的工人了，這個職業現在被認為是 haram，是被禁的。當地銀行也這樣做，拒絕貸款給他！哈，哈！我總是奇怪：為什麼跟酒有那麼複雜的關係？不是說在天堂這個飲料可以源源不絕開懷暢飲，那為什麼要妖魔化呢？為什麼在下面這裡禁止，卻在上面許諾呢？酒後開車。可能是神不願意人類在替祂駕駛宇宙，握著幾重天的方向盤時喝酒……好啦好啦，我承認，這個論調有點遜。我喜歡天馬行空，你現在應該習慣了吧。

　　你，你在這裡是要找到屍體跟寫你的書。而我雖然知

道這個故事，還不是只知道點皮毛，卻對裡面的地理學幾乎一無所知。在我腦袋裡，阿爾及爾只是一片陰影。我幾乎是從來不去，而有時在電視上看到，會覺得阿爾及爾像是個革命藝術的過氣老女星。其實這故事沒有複雜的地理學，歸納起來，所有事情都發生在這個國家的三大類地方：城市－阿爾及爾或是隨便一個，山－就是人們被攻擊時或是要開戰時躲藏之處，鄉村－大家的祖先。所有的人都想要個鄉村的妻子跟城市的蕩婦。光是從這個酒吧的幾扇窗看出去，我就可以幫你把在地人類依照這三種地方分組。

所以，因為木薩走上山去跟神討論永恆，媽跟我就離開城市而回歸鄉村。這故事就只是這樣。至少在我學會讀寫之前，在那一張寫著木薩／柱季被殺害新聞的剪報長年藏在媽胸間，還沒驟然變成一本有名字的書之前，這故事就只是這樣。你試著想想，那是全世界最多人讀過的書之一，如果你那作者當時願意給我哥哥一個名字，他會變得有多出名！叫他莫阿德、卡度耳或是哈姆都可以，反正給他個名字就對了，這很難嗎!?那樣的話媽就會有一份殉難者寡母的撫卹，而我就會有個出名哥哥，可以靠這身分去四處吹噓。但沒有，你那作者沒有給他名字。因為如果不這樣，我哥哥就會讓殺人犯面對一個良心的問題：一個有名字的人，你不能隨意就殺死他。

我們再從頭來過。都是要從頭來過才能夠回到那些最核心的東西。一個法國人殺死了一個躺在無人沙灘的阿拉伯人。時間是下午兩點，1942年的夏天。五聲槍響後接著

一場審判。殺人犯因為沒有好好安葬他媽媽，講他媽媽時又顯得太過無所謂而被判了死刑。技術上來說，兇殺是因為太陽或是單純的無所事事而起。一個名叫雷蒙的三七仔要找一個婊子算帳，應他之請，你那英雄寫了封恐嚇信，後來故事失控，而最終似乎靠場兇殺解決。阿拉伯佬被殺，是因為殺人犯以為他要替那妓女報仇，或者只是因為他囂張到竟然敢睡午覺。我這樣摘要你那本書，讓你有點不知所措，是吧？但這就是最赤裸的真相。其它剩下的都是裝飾花邊，拜你那作家的才情所賜。在那之後，沒人替阿拉伯佬、他的家人跟他的民族操心在意。而那個殺人犯從牢裡出去，寫了一本後來大紅大紫的書，描述他怎麼跟他的神、神父與荒謬對著幹。隨便你怎麼去自圓其說，這個故事就是說不通。這是個兇殺的故事，但是阿拉伯佬根本沒被殺死，應該是說差不多被殺死，差一點點就被殺死。他可是第二重要的人物，但他沒名字，沒面容，沒話語。大學者，你能解釋這是怎麼回事嗎？這個故事太荒謬了。是個粗製濫造的謊言。你要再來一杯嗎？我請你。你那異鄉人莫梭在書裡描述的不是一個世界，而是一個世界的終結。財產沒有用，結婚沒什麼必要，婚姻生活不冷不熱，品味貧乏而人們像是都坐在行李上發呆，空洞，人云亦云，緊緊的跟生病發臭的狗繫在一起，兩句整話也講不出來，四個單字以上就結結巴巴……一群機器人！對，我想到了，就是像機器人。我想起那小個子的女人，一個法國女人，殺人犯作家把她寫得多好，寫有那麼一天在餐廳觀察她。

她急促準確的姿態，發亮的眼睛，不自覺的動，預先就急著計算買單金額，機器人的動作[24]。我聯想起哈朱特市中心那個大時鐘，我想那鐘擺跟這個法國女人是對雙胞胎。那個鐘的內部機械在獨立前幾年就壞掉了，好像。

　　這個祕密對我來說變得越來越不可探究。你知道嗎？我背上也是扛著個媽媽跟一個殺人犯。這都是命。我，我也殺了人；為了實現這片土地的願望，在我無所事事的那麼一天。啊！多少次我發誓不要再回想這個故事了，但是我的每個動作都不自主的把它搬到舞台、招喚它出來。我一直在等個像你一樣的好奇寶寶讓我可以講出來……

　　在我的腦袋裡，世界地圖是三角形的。最上面，在巴布瓦德區，是木薩出生的那間房子。在下面，沿著阿爾及爾海邊上面一點，這個沒有地址之處就是殺人犯從來沒有出生的地方。最後，再往下一點，有著海灘。海灘，當然！現在不是已經消失，就是慢慢的退到別的地方。根據證人敘述，以前，可以看到海灘的盡頭有座木頭小屋。<u>屋子背對著岩壁，前面支撐房子的高腳柱已經浸泡在水裡</u>。當我與媽在兇殺發生後第一個秋天去到那裏，那地方的平凡無奇讓我很驚訝。我已經跟你講過，嗯，那個場景，我跟媽，在海邊，我被命令要站在後面，媽她面對著海浪，對著大海詛咒。到現在每次我接近海邊，都會跑出這個意象。最開始是恐懼，心砰砰跳，但很快的，失望。純然無法接受那地方怎麼如此狹小。像是硬把整部荷馬史詩《伊里亞德》塞進雜貨店跟理髮廳中間，人行道的一小段裡面。對，犯

24　人物出現於卡繆《異鄉人》第一部分第五章。

罪地點真的是嚇死人的讓人失望。依我的感覺，我哥哥木薩的故事得要一整個地球當場景。後來，我還發展出一套瘋狂的假設：木薩不是在這個著名的阿爾及爾海灘被殺的！一定是有另一個大家不知道的地方，有個被偷天換日的場景。這樣一來，就都說得通了！為什麼殺人犯在被判死刑以後，甚至被執行死刑以後還可以被釋放，為什麼我哥哥後來就一直找不到，為什麼那個刑庭寧可審判一個在他媽媽死後不掉眼淚的人，而不是審判一個殺死阿拉伯佬的人。

　　有時候，我會想要在兇殺剛剛好發生的那個時刻去海灘搜索。換句話說就是夏天，當太陽離地面那麼的近，近到會讓人發瘋，會逼出鮮血的時候；但這其實不會有什麼用。而且，我對海很陌生。我完全的懼怕海浪。我不喜歡游泳，水太快就把我吞沒。我喜歡這地方的一首老歌：「*Malou khouya, malou majache. el b'har eddah âliya rah ou ma wellache*。」[25] 一個男人唱歌訴說大海帶走了他兄弟。我的腦海裡有好多影像，我想，我是喝得太快了。實情是我真的去搜索過，去了六次……對，這個海灘，我一共去了六次。但我什麼都沒找到，沒有彈殼、沒有足跡、沒有證人也沒有乾在岩石上的鮮血。什麼都沒有。經過多少年，直到這麼一個星期五，十多年前的時候。直到這一天我看到了。在岩壁的下面，離海浪幾公尺的地方，我突然看到一個輪廓，跟陰影晦暗的一角疊在一起。我記得，在那之前我已經在海灘上走了很久，心裡渴望在太陽下尋死，讓中暑跟衰竭狠狠摧殘，去感受一下你那作家描寫的狀態。我承認，

25　** 作者註：這兩段詞節錄自 Khaled 的一首歌，意思是：「他在那兒？我的兄弟。為什麼他沒回來。海把他搶走，他再也不會回來了。」

那天我喝了很多酒。太陽壓得人抬不起頭來，像來自天上的譴責。它像尖刺灑遍沙灘跟海面，源源不絕。那時候，我好像覺得知道往哪裡去，但可能不是這樣。然後，在沙灘盡頭，岩壁後面，我看到一小道泉水在沙灘流淌。而且我還看到一個人，穿著藍色工人裝，懶散的躺著。我帶著害怕跟迷戀看著他，而他好像看不到我。我們兩人中有一個是很堅持的鬼魂，而陰影是深黑色，帶著門廳的涼意。接著……接著我覺得這場景旋轉成為一種好笑的瘋癲。當我把手抬高，陰影也這樣做。而當我往旁邊跨一步，它回身去換一個支撐點。這時候我停下來，心臟氣得要炸開，突然意識到我嘴巴像個蠢蛋一樣張得大開，而且我身上沒有武器，也沒有刀。大顆汗珠一粒粒滴下，眼睛讓我覺得灼熱疼痛。整個海邊沒有其他人，而海沉默著。我非常確定那是個倒影，但不知是誰的！我發出一聲哀號，而陰影搖動。我往後退一步，陰影以一種很奇怪的方式向自己收縮，也一樣退一步。最後我發現自己躺在地上，冷得發抖，讓劣質的酒給擊垮了。但在那之前我是倒退走了十多公尺才崩潰痛哭。是的，我可以明確告訴你，在木薩死了好多年後我才為他哭泣。嘗試回到兇殺發生的現場去重建犯罪，帶來的結果是死胡同，是一個幽靈，是瘋狂。講這麼多，是要告訴你，根本不必去墓園，不必去巴布瓦德，也不用去海邊。你在那裡什麼都不會找到。我都已經試過了，好朋友。我從一開始就跟你宣告了，這個故事是發生在某個腦袋裡面，在我的、你的、其他像你一樣的人的腦袋裡面。

是在某種來世裡面。

不用往地理學那邊去找，我跟你說過了。

要真的明瞭我的版本裡說的事實，你得先接受這個主張：這個故事像是個關於起源的描述－該隱來到這裡建造城市以及馬路，馴養民眾、土地跟植物再佔為己有。秋季是貧窮的親戚，用大家認定他的懶洋洋姿態，躺著曬太陽；他一無所有，連可以激發貪婪掠奪或可以成為謀殺動機的羊群都沒有。我們可以這麼說，你的該隱殺死我的哥哥原因是……不為什麼！甚至不是為了要搶他的牲口。

我們該停在這裡了，你已經有很多東西可以寫本好書，是吧？阿拉伯佬的弟弟的故事。另一個阿拉伯人的故事。你上當了……

＊

啊！那個幽靈，我的分身……就在你後面，他有喝啤酒嗎？我注意到他的小動作，一副沒事的樣子，一點一點的靠近我們。真像隻螃蟹。永遠是一樣的儀式。他攤開報紙，花一個小時專注的閱讀。接著，他將一些社會新聞的文章剪下來；都是兇殺案，我知道，因為有一次我瞄了一下他攤在吧台上的東西。然後，他就喝著酒，看著窗外。漸漸的他輪廓邊緣變得模糊，他自己變得蒼白透明，幾乎消失。大家自然的遺忘他，酒吧人滿的時候，擠到他也不會閃一下。沒人聽過他說話。服務生好像都是用猜的幫他

點東西。他永遠穿著件手肘磨光的舊外套，寬大的前額上一樣的瀏海，有著洞悉事物而冰冷的目光。最不會讓人忘記的是他的香煙。永恆的香煙，那渺渺往上牽引，娓娓環繞的細緻曲煙將他與重重天際連接起來。這麼多年的鄰座關係，他幾乎沒看過我一眼。哈，哈，我是他的阿拉伯佬。或者說，他是我的阿拉伯佬。

　　晚安了，朋友。

六

　　我喜歡偷媽藏在櫃子上面的麵包，然後看著她到處去找，口中喃喃詛咒。一晚，那是木薩過世幾個月後，當時我們還住在阿爾及爾，我聽到她已經睡了，就偷拿她放食物櫃子的鑰匙，把儲藏在裡面的糖吃得幾乎一乾二淨。隔天早上，她整個人抓狂，大吵大鬧，接著她開始抓自己的臉，哭泣她的悲慘命運：丈夫失蹤，一個兒子被殺，另一個兒子帶著幾乎殘酷的喜悅看著她。啊，對！我記得，好不容易這一次，看到她是真的傷心難過，我感受到一種奇異的愉悅。要讓她知道我的存在，我就得要讓她失望。像是宿命一樣。這種關係比死亡給我們的連結還要深層。

　　有一天，媽要我去我們街區的清真寺，那裡由一個年輕的伊瑪目主持，也兼具托兒所課後班的功能。那是夏天，她揪著我的頭髮拉我到街上；這天的太陽非常毒。我失去理智般的跟她拉扯，咒罵她，最後成功掙脫。接著我快跑，手上緊緊抓著她早先為了騙我去清真寺給我的一串葡萄。狂奔中，腳絆了一下，我跌倒了，葡萄也在塵土中壓碎。我用盡力氣放聲大哭，最後滿懷失望與羞愧的，去了清真寺。當伊瑪目問我為何那麼難過時，也不知道哪裡跑出來的念頭，我信口指控一個男孩，說他打我。這，我想，是

我生平第一個謊話。是屬於我的，從天堂偷盜果實的初次
體驗。因為，從那一刻開始，我變得狡猾而偽善，我強迫
自己長大了。而這第一個謊言，我是在一個夏天犯下的。
完全跟殺人犯，你那個英雄一樣，在百無聊賴時，孤獨，
被自己的足跡拉過去，原地打轉，用力踐踏著阿拉伯人的
群體來尋找世界的意義。

　　阿拉伯，你曉得的，我從來沒覺得自己阿拉伯。就好
像所謂黑人特質，只存在於白人的目光裡。在街坊，在我
們世界，我們是穆斯林，我們有名字，有臉孔，有各種習
慣。就是這樣。他們是「異鄉人」，歐洲異教徒，是神派
來試煉我們的；他們的存在無論如何都是倒數計時的，早
晚有一天他們得離開，這是絕對的。這是為什麼我們都不
理他們，他們在的時候我們不說話，我們背靠著牆，我們
等。你那作家殺人犯搞錯了，我哥跟那些夥伴根本沒有打
算要殺他們，他跟那個皮條客。我哥一夥人就是在等候。
等他、那個三七仔跟千千萬萬的他們全部滾蛋。我們全都
很清楚，從還是小孩子的時候就清楚，根本不用多說什麼，
我們都知道終有一天他們全部都得離開。每當我們經過歐
洲區的時候，我們總是自得其樂的把那些房子當成戰利品
來瓜分：「我先摸到，這間是我的！」我們當中有人會這
麼說，然後一群孩子興奮的尖叫。才五歲的孩子耶，已經
這樣；你明白嗎？好像我們已經直覺的預知獨立會發生什
麼事，只不過我們沒有手持武器而已。

　　因此，是經過你那英雄的目光，我哥哥才變成一個「阿

拉伯佬」，才因為這個身分被殺。1942 年夏日這個被詛咒的早晨，我重複跟你講了好幾次，木薩已經跟我們說他那天會早點回家。這讓我覺得有點討厭。因為我在街上玩耍的時間就會變少。木薩穿著他的藍色工人裝、布鞋。喝著牛奶咖啡，眼睛看著外頭的牆，彷彿是在翻閱今天的行事曆筆記本，默默確定了要走的路線跟何時何地與他哪些朋友碰面，然後就果斷的站起身來。差不多每一天都是這樣過的：早上出門，如果碼頭或市場沒有工可以作，就是好多個小時的到處瞎晃。我媽媽問他：「你會帶麵包回來嗎？」木薩沒回答，就甩上門出去。

　　有一點特別讓我有錐心之痛：到底我哥哥為什麼會去這個海灘？我們永遠不會知道為什麼。而當我們去深究一個人怎麼可以在短短一天之內，失去名字，接著失去性命，接著失去他自己的屍體……這個細節就成為深不可測，而且讓人暈眩的祕密。但歸根究柢，其實就是這樣：這個故事，容我再強調一下，是那個時代所有人的故事。對我們同胞而言，大家都是木薩，住在我們的區域，可是只要往法國城區移動個幾公尺，只要他們那些人中隨便誰的一個目光，就可以讓我們失去一切；首先就是名字在山河的死角飄蕩，失去。事實上，那一天，可以說，木薩也不過就是靠太陽太近了一點。他本來是要去找一個叫阿樂比的朋友；阿樂比會吹笛子，我記得。對了，這個阿樂比，後來就怎麼都找不到他了。他從我們那區消失無蹤，好躲開我媽媽、警察、大大小小的麻煩，包括躲開那本書的故事。

他只留下一個名字，還帶著種很詭異的回音：「阿樂比／阿拉伯」。沒有比這個假造的雙胞胎更找不到的人了……啊！不對，還有那個妓女。我以前從不講這個，因為實在是嚴重的侮辱。是你那英雄編出來的。他真的有必要去編個這麼離譜的故事嗎？什麼跟人同居的婊子？什麼我哥哥要替她報仇……我承認你那英雄真的很有才華，可以從報紙講的一點事情就掰出一個大悲劇，從一個火災就可以把帝王瘋癲的內在講得活靈活現[26]；但在這裡，我跟你講真的，他讓我太失望了。為什麼要講一個婊子？是為了要侮辱、玷污對木薩的記憶，好減輕他罪過的嚴重性？如今我真的很懷疑這個解釋。我現在相信的，是那種附身抽象角色的扭曲心理所產生的後果。把這個國家的土地，用兩個想像的女性來表現：一個是那出名的瑪麗[27]，她像是在那培養不可思議的純真的溫室中養大的；另一個是木薩／柱季假想的妹妹，是象徵我們那些由顧客跟過客耕耘的土地的縮小公仔，被化約成一個沒道德又暴力的皮條客所包養的女人。一個為了她，阿拉伯哥哥得要去報仇討回名譽的婊子。如果是幾十年前你遇到我，我給你端上的會是妓女／阿爾及利亞土地，殖民者不斷強暴跟暴力虐待的那個版本。但現在我已經不信這套了。理由就是這麼簡單：我哥柱季跟我，我們從來沒有過姊妹啊！

　　一次又一次，我不斷的問自己：為什麼木薩，在這一天，會出現在這個海灘上？我不知道。到處瞎晃這個解釋太過隨便，而訴諸命運的版本又太奇幻了。到頭來，也許

26　指卡繆的劇作《卡里古拉》（Caligula）。講述羅馬帝國第三任皇帝的故事。
27　卡繆《異鄉人》中的人物。

真正的好問題應該是要這樣問：你的英雄在那個海灘幹什麼？不單單是那一天，而是從好久以前開始；更實在的說，是從一個世紀前開始，都在那兒幹什麼！不，相信我，我不是那種人。強調他是法國人而我是阿爾及利亞人，對我沒什麼意義；但事實就是木薩比他先到海灘，是你那英雄跑來找木薩的。你把書裡那段再讀一遍。他自己都承認是有點迷路然後不小心遇上了兩個阿拉伯佬。我想跟你說的是，你那英雄原來的生命根本不應該把他帶到那殺人的無所事事。當時他漸漸出名，年輕，自在，有工作薪水而且有能力去直接面對事物。他當時根本應該早點就去巴黎定居，或是跟瑪麗結婚。那為什麼剛好這一天他會來到那海灘呢？所以不只是那個謀殺，這個人的生命也一樣無法解釋。他把這個國家的光線描繪得這麼的好，但其實他是一具屍體，卡在一個既沒有神也沒有地獄的來世；除了光亮刺眼的日復一日，什麼也沒有。他的生命？如果沒有殺人跟書寫，根本不會有人記得他。

我要再喝，叫他過來。

喂！木薩！

如今，其實好多年來都已經是這樣了，每當我回顧整理，檢視一個個重點時，都會覺得訝異。首先現在那海灘不存在了，接著木薩假想的妹妹是個象徵，或根本是一個臨時編出來的爛藉口；而最後是那些證人：一個一個弄清楚原來是假名、原來是假的鄰居、是回憶或是在案件發生後就逃跑的人。最後，名單上只剩兩個雙人組跟一個孤兒。

一組是你的莫梭跟他媽媽；另一組是媽跟木薩；然後，正中間，不知道該是哪一組的兒子，我，坐在這個酒吧試著抓住你的注意力。

　　但這本書的成功還是完全沒受影響，看你的著迷就知道；但我要再一次跟你說，我認為那是一個可怕的詐騙。在獨立之後，我讀了越多本你那英雄寫的書，越是覺得，我像是把臉壓在一個宴會廳的玻璃窗往裡看，我媽媽跟我都沒被邀請。完全都沒有我們的事。裡面沒有我們服喪，也沒有我們後來變成怎麼樣的痕跡。一絲一毫都沒有，朋友！全世界都永遠的觀賞同一場大太陽下的兇殺，大家什麼都沒看到，更沒有人看到我們的離去。就這樣子耶！很有理由可以讓人發點脾氣，對吧？要是你那英雄滿足於自己吹噓一下，不要過分到去寫本書就好啦！在那個年代，像他一樣的人有成千上萬，但因為他的才華，讓他的罪行變成完美犯罪。

＊

　　奇怪，幽靈今晚又沒來了。連兩晚沒來。他應該是正在指揮亡者或是讀那些沒人看得懂的書吧！

七

不，謝了，我不喜歡加牛奶的咖啡，這種混合我覺得很噁心。

話說，我不喜歡的是星期五[28]。這一天我常常都是從我的公寓陽台看著街道、路人和清真寺度過。清真寺太有壓迫感了，我總覺得它阻礙了人們看到神。我住在那邊，在三樓，大概有二十年了吧。現在全都變得很破爛。當我趴在陽台的時候，我觀察小孩子玩耍，總覺得是現場實況，看人數越來越多的幾個新世代，正在把老輩的人往斷崖邊緣推過去。說來很可恥，可是我對新世代抱著恨意。他們偷走我一些東西。昨天，我睡得很不好。

我的鄰居是個隱形人；每到週末，整個晚上他都要埋頭聲嘶力竭的朗誦古蘭經。因為他大吼大叫的是神講的話，沒有人敢去叫他停下來。我也不敢去跟他說；在這個社區，我已經非常邊緣人了。他的鼻音很重，聲線像哀號，又極度誇張。聽起來他輪流扮演著施暴者跟受害者的角色。這也是每次我聽人頌讀古蘭經時都會有的印象。我感覺那不是一本書，而是上天跟造物者大吵一架！宗教像是我不願搭乘的大眾交通工具。我想要擁抱神，必要的話就用兩隻腳走著去，但絕不會參加旅遊團。應該是從獨立以後開始，

28　伊斯蘭教規定穆斯林們必須在每個週五（主麻日）舉行聚禮，命令穆斯林們放下工作，按時前往參加禮拜。

我就討厭星期五。至於我信不信神呢？上天的問題早讓我解決了；靠的是個再清楚不過的事實：那群天使、神明、魔鬼或是書本，都在對我的存在狀態嘮嘮叨叨；但從很年輕時我就知道，我才是唯一會去經驗什麼是死亡、工作與疾病所帶來的痛苦與強迫的。我才是唯一得去繳電費，最後還會埋在土裡給蟲吃掉的。所以，夠了！就是這樣，我討厭那些宗教，我討厭屈服。一個從來不腳踏實地，從來沒有經歷過飢餓或是從不需要賺錢糊口的爸爸，我們為什麼還要去追隨崇拜呢？

　　我爸爸？我知道的都已經跟你說了。以前在學校筆記本上面寫這個姓氏的時候，我覺得跟寫地址一樣。就一個姓氏，沒別的。除此之外他什麼都沒留下，連一件舊外套或是老照片都沒有。媽從來不願意跟我說他的特徵、性情，從來不願意給他一個身體或是跟我講關於他的回憶。而我也沒有叔叔伯伯或是宗族可以讓我試著去勾畫他的輪廓。什麼都沒有。小男孩的我，想像他是更大一號的木薩。寬厚，巨大，生起氣來天搖地動，坐在世界的盡頭擔任他夜班警衛的職務。如今我的理論是，他因為累了或是孬種所以開溜。話說回來，我可能也跟他是一樣的。我還沒成家就離開家，後來也都沒結婚。當然，我曾經有過很多女人的愛，但是都不足以將那把我跟媽媽綁死在一起的沉重而窒息的祕密給解開。這麼多年的單身生活過去，我得到這麼個結論：對女人，我一直都抱著種強烈的不信任。打從心底，我就從來沒相信過她們。

　　母親，死亡與愛情，這三種迷戀的磁場，以不規則的方式讓每個人難以取捨。實情是，所有的女人都沒辦法讓我從我自己的媽媽、從我對她的無聲憤怒解脫，也沒辦法保護我不被她的目光長年來緊盯不放。不發一語。像在質問我為什麼還沒找到木薩的身體，為什麼是他死我活，或者為什麼我來到世上……而這一切，還要加上那個時代謹守的禮教。少有可以接觸到的女人，而在一個像哈朱特這樣的村莊，會遇見的不可能不戴面紗，更不可能跟她們交談。我沒有較親近的堂姊妹或表姊妹。而在我一生，有那麼點像愛情故事的就只有我跟瑪利亞美 Meriem[29] 交往那一段。只有她這個女人有足夠耐心來愛我，來把我帶回生命。認識她，是在 1963 年快要夏天的時候，所有人都處在獨立之後的狂熱之中；而如今依然常常徘徊在我揮不去的夢境裡，她狂亂的頭髮，她熱情的雙眼，我都記憶猶新。經歷與瑪利亞美的故事以後，我意識到其他女人都避開我的路徑，她們像是刻意繞開，好像很本能的，她們感覺到我就是另一個女人的兒子，而不會是一個可能的伴侶。我的外貌，一樣，沒有什麼幫助。我講的不是我的身體，而是女人會對另一個人想像、慾望的東西。女人可以直覺辨識出半成品，而且會避開那些將青少年的猶豫拖延太久的男人。瑪利亞美是唯一願意挑戰我媽媽的女人；她們幾乎沒什麼碰到面，瑪利亞美也不是真的認識我媽媽，是在我的沉默與猶豫裡面，瑪利亞美跟我媽媽抗衡。那個夏天，她與我，我們見了十多次面。之後好幾個月，我們靠著書信維繫關

29　阿拉伯名字 Meriem 來自基督宗教聖經與古蘭經皆有記載的耶穌之母瑪利亞。

係，直到她不再跟我寫信而一切就這麼消散了。可能是因為死亡，結婚，還是搬家換地址。誰知道？我認識一個老郵差，在我們這區，後來被抓去關了。因為他習慣性的在每天下班之前，把還沒送的信通通給扔掉。

今天是星期五。在我的日曆裡面，這是最接近死亡的日子。人們像在變裝秀，奇裝異服再不得體都無所謂，都中午了還穿著睡袍或是類似的東西在街上晃；彷彿在這一天，大家都可以免去文明禮儀的規範。在我們這裡，信仰，勾纏著種親暱的懶散，每個星期五都特許一回叫人傻眼的愛怎樣就怎麼樣，好像人們通通無精打采、隨便放肆的就去擁抱神。你沒有注意到人們的穿著越來越不像樣了嗎？毫無用心，不見優雅，也不管顏色搭配或是微小差異間和不和諧。什麼都不管。老年人，像我，喜歡紅色的頭巾、背心、蝴蝶結或是閃亮的漂亮皮鞋，已經越來越罕見了。我最最討厭的，是祈禱的時間；從小就是，但是最近幾年更討厭。伊瑪目的聲音透過擴音喇叭怒吼，捲好的拜毯夾在腋下，各個叫拜樓震天價響，用鬼哭神號建築成的清真寺，還有信徒那虛偽的急切衝向清水洗淨身體、口是心非的朗誦經文。星期五，這裡到處你都會看到這項表演，我來自巴黎的朋友。多少年了，總是一樣的場景。鄰居們起身，拖泥帶水的腳步跟動作，其實他們早就讓小屁孩們吵醒，數量不斷成長到跟爬我身上的蟲一樣多的小屁孩；一洗再洗的新車，在這個永恆之日上街為購物而購物時的太陽，還有那幾乎成為身體感官可以知覺的無所事事，整個

宇宙變成需要清洗的雞巴卵蛋跟需要朗誦的經文。有些時候我會有這種感覺，如果不能藏到深山裡打游擊，這些人在他們自己的土地就沒有地方可以去。星期五？這天不是神休息的日子，是神決定逃跑而且不再回來的日子。我怎麼知道？從人們祈禱以後一樣空洞的聲音，從他們緊貼著虔誠祈禱的櫥窗的臉龐，從他們想用虔誠信仰去解決對荒謬的恐懼那種臉色，就知道了。至於我，我不喜歡那些朝上天飛去的，只喜歡跟我一起共處地心引力的人。我敢跟你說，我覺得宗教很了不起，全部宗教都很了不起。因為它們偽造了世界的重量。我有時候很想打穿分隔我跟鄰居的牆，掐住他的脖子，對他大吼停止那哭哭啼啼的朗誦經文，叫他去承擔世界，打開眼睛看看他自己的力量跟尊嚴，叫他不要再去追尋那逃家飛去天上永遠不會回來的爸爸。你看一下那邊，路過那群人，那小女生頭上蒙著面紗，而她根本還不知道什麼是身體，什麼是慾望。像這樣的人，你還能怎麼辦？你倒是說看看？

　　星期五，所有酒吧都關門，我沒事可幹。到這把年紀，我一向都不依賴任何人，也對誰都不假詞色，人們看我的時候總帶著些好奇：怎麼會有這種人，到了那麼接近死亡的時候，還沒有感覺要接近神。「原諒他們（我的神啊），因為他們不曉得他們在做什麼。」我是用全部的身體，用我雙手，緊緊擁抱這條命；我的生命，要弄丟只會是我，要見證也只能是我。至於死亡，從好幾年前我就越來越接近死亡了，但這從來不能把我跟神的距離拉近；帶給我的

只是想擁有更強烈、更飢渴的感官的慾望，還擴大了我自身謎題的深邃。他們所有人都排著長長隊伍朝向死亡前進，而我是從死亡回來的人；我可以說，在另外一邊，有的只是大太陽下，空蕩蕩的海灘。假設我跟神有約，但在赴約路上，遇到一個車子拋錨需要幫忙修理的人，我會怎麼做呢？我不知道。因為我是車子拋錨的老好人，不是要去尋求神明保佑的過客。當然，在社區裡，我保持著沉默，而鄰居們不喜歡我這種獨立；他們嫉妒，而要我付出代價。我一走近，小孩子就停止說話，其他的人跟我擦身而過時嘴裡喃喃詛咒，還提防著我轉身，隨時準備快跑；一群懦夫。要是在幾個世紀以前，就憑著我的洞悉確信跟在公共垃圾桶裡找到的紅酒瓶，就可以把我活活燒死了。對這個大螞蟻窩跟它那些亂七八糟的希望，我抱著種近乎神意的悲憐。說神只跟一個人說話，而這個人此後就永遠閉口不語，這種話要叫人怎麼相信？有時候我翻看他們自己的書，絕無僅有的那本書，我讀到一堆怪異的荒誕離奇、再三重複、苦水哀號、威脅恐嚇跟夢境幻影，覺得好像聽著一個年老的 *assasse* － 夜班守衛的內心獨白。

啊！星期五！

那個酒吧的幽靈，用他的方法往我們身邊靠，好像想聽清楚些我講的話，想偷竊我的故事那個……我常常在想，他星期五都做些什麼？他會去海邊嗎？看電影？他是不是也有個媽媽？或是有個他熱愛親吻的女人？很美妙的謎，不是嗎？你有沒有發覺，通常，每逢星期五，天空就像是

船上無風垂落的布帆，所有的商店都關門，而到了中午的時候，整個宇宙都慘遭棄守而空蕩蕩？此時，我心裡都會產生一種自做自受的犯下私密過錯的情緒。在哈朱特的時候，我度過那麼多次這可怕的日子，而每次都會有種被永遠的困在一個廢棄車站的感覺。

　　我啊！這幾十年來，從我的陽台俯看這個民族自相殘殺，重新奮起，漫長等待，為自己啟程的時間猶豫不決，用自己的腦袋去否認現實，自言自語，像個疑惑的旅人慌張的掏著自己的口袋，像看手錶一樣看著天空，接著屈服在一種怪異的虔誠之下自己挖個坑躺進去好快一點可以跟他的神見面。那麼那麼多次以後，如今我將這個民族當作簡單一個人對待，我避免跟他有太長的討論，也敬而遠之。我的陽台看下去是社區的公共空間：一些斷掉的溜滑梯，奇形怪狀枯乾的樹木，骯髒的階梯，刮風時纏在腳上的塑膠袋，陽台上面讓各式各樣晾著的衣物、水塔跟小耳朵天線弄得五顏六色。還有就是各種家庭的縮小模型，鄰居們在我眼下活靈活現：一個退伍軍人，留著小鬍子，用一種延伸到無限的愉悅洗著他的車子，幾乎跟在打手槍一樣；另一個，人很陰沉，眼帶悲傷，負責很低調的出租椅子、桌子、餐具、燈泡等等，葬禮跟婚禮都適用。另外有一個走路怪怪的消防隊員，老是打他的太太，最後總是會被他太太趕出家門，然後到了清晨就在公寓門口苦苦哀求太太的原諒，但口中哭喊的是他自己媽媽的名字。全部都是這樣子的貨色啦，我的老天爺！反正，縱使你說你已經流亡

在外多少年了，我覺得這些你都應該很清楚。

　　跟你講這些，因為這是我的世界的其中一面。在我的腦海裡，有另外一個隱形的陽台面對著那光亮奪目的海灘上，木薩身體那找不到的痕跡，面對著一個我也搞不清楚手上拿的是香煙還是手槍的人，他頭上那固定不動的太陽。我從遠處看著這個場景。那個男人有棕色的皮膚，穿著一條有點長的短褲，他的外型略嫌瘦弱，好像被一種盲目的力量催熟，肌肉變得僵硬－看起來像個機器人。旁邊一角，有座高腳木屋，而另一端，有道岩壁畫出這個世界的界線。就像隻蒼蠅撞上櫥窗，我被擋在這個固定不動的場景之外。永遠不可能走進去。我既不能雙腳踩上沙灘奔跑，也不能去改變事物的次序。一而再再而三的看著這個場景，我有什麼感受呢？跟我七歲當時的感覺都一樣。覺得好奇、激動、想要穿過螢幕或者是去追一隻假的艾莉絲夢遊仙境白兔。覺得難過，因為看不清楚木薩的臉龐；也覺得憤怒。而一直是泫然欲泣。感覺，比起皮膚，老化的速度慢得多。到了一百歲要死掉的時候，最後的感受可能正是六歲的一個夜裡，媽媽來把燈關掉後產生的那種恐懼。

　　在這個什麼都不動的場景裡，你那英雄跟另一個人，我殺死那個，長得完全不一樣。那個人很胖，勉強算金髮，帶著大大的黑眼圈，總是穿同一件格子襯衫。對，另一個人。你問我，嘿。老兄，總是會有另一個的。愛情裡、友誼裡，或甚至在火車上，另一個，就坐在你的對面盯著你看，或是轉身不理你，讓你的孤寂掘得更深。

所以，在我的故事裡，也有這麼一個。

八

　　我扣下扳機，開了兩槍。兩顆子彈。一發打在肚子，一發脖子。當下，很荒謬的，我心想，這樣總共七顆。（只不過前五發，殺死木薩的，是在二十年前開的槍……）

　　媽站在我的身後，我感覺到她的目光像隻手推在我背上，撐著我站直，提起我的手臂，輕輕壓低我的頭幫忙瞄準。我殺死的這個人臉上留著驚慌失措的表情；張大的雙眼跟扭曲洞開的嘴巴。遠方一隻狗叫著。家裡的那棵樹在漆黑與炎熱的天空下顫抖。我全身無法動彈，像抽筋一樣被固定住。手槍的握柄因汗水而濕黏。雖是夜晚，可我們看得很清楚。全是因為月亮的磷光；她靠得那麼近，似乎只要朝天上用力一跳就可以摸著。那個男人流下了最後一顆恐懼的汗珠。我心說，他會一直流汗流到把所有的土地之水歸還，然後浸泡融化在泥漿裡面。他的死亡像是一些元素的解離，我犯下罪行的殘酷，某種意義來說，也就此化解。這不是謀殺，而是平反。而雖然以我這樣一個傢伙非常沒資格說這話，但我還認為，因為他不是穆斯林，所以死了也沒有關係。只不過，我同時心知肚明，這是懦夫才有的想法。我一直都記得他的表情。我相信，他不是在控訴我，而是像碰到不預期的死巷時那樣子的盯著我看。

媽一直在我身後，而從她冷靜下來，變得緩和的呼吸我理解到她的如釋重負。以前，她的呼吸是急促的嘶嘶聲。（有個聲音跟我說，「從木薩死了以後」。）月亮也是，看著；整個天空好像都是月亮。她把土地變得輕盈，讓濕黏的熱驟然落下。漆黑的地平線外，那隻狗，再次叫起來，叫了很久，大概把我從無助的呆若木雞給拉救出來。看到一個人的死可以那麼容易，而他戲劇性的、甚至鬧劇式的下台就能夠完結我們的故事，我不禁覺得可笑。心臟雷鳴般的驚魂未定，讓我的前顱砰砰作響。

媽一動也不動，但我知道她已經解除了對全世界無時無刻的高度警戒，收拾了包袱，準備回歸那終於心安理得的晚年了。憑直覺就知道。我右邊手臂剛剛打破了全部事情的平衡，那腋下的肌肉，我可以感受到冰冷。「事情說不定終於可以回到像從前那樣！」在我腦袋的各種聲音裡，有人這麼說；可能那就是木薩說的。一旦殺了人，有部分的你，當下立刻，就會去豎立起個解釋，製造一個無罪證明，構築一個事實版本，讓你手上都還聞得到火藥味跟汗味的時候就可以洗刷清白。但是，我，根本不需要去擔心這些；因為多少年來我都知道，我殺了人的那天，不會需要有人來救我、來審判我或是來偵訊我。戰爭的時候，人殺的，不是另一個有名有姓的人。那不是謀殺，是戰役，或是戰鬥任務。而此時在外頭，距離這個海灘跟我們家的遠方之處，剛剛好有一場戰爭，解放的戰爭，讓所有其他犯罪的傳言全都被淹沒。那正是獨立的前幾天，法國人陷

在大海跟失敗中間，四處逃跑，而你的同胞們陷入狂喜，站起來了，穿著他們的藍色工人裝，從岩壁下的午睡跳了出來，換他們開始殺人。必要的時候，這些就夠我當無罪證明了。可在內心深處，我根本知道不會需要用到這個。我媽媽自然會處理妥當。更何況，也不過是一個早已逃避自己良知的法國人嘛。我深深的感覺到自己的身體如釋重負、放鬆、自由，而終於不再是獻身給謀殺。槍火！……的電光火石間，屬於我自己的、自由的可能性跟無限空間帶來的暈眩湧上全身，我強烈感受著土地那感官的濕熱，檸檬樹跟樹下攏著的熱空氣。然後我突然想到，終於，我也可以跟個女人一起去看電影或是游泳了。

剎那間，是夜所有都一起流瀉，轉化成一聲嘆息；我不騙你，就好似交媾過後。那時我幾乎，要發出呻吟；而至今每當想起那個時刻，我總有種奇異的羞愧，讓一切都歷歷在目。就這樣，良久，我們保持不動，扮演每個人的角色，各別的，細細探究自己的永恆。一個是在 1962 年夏天這個夜晚跑來躲在我們家的倒楣法國人，一個是我，手臂在殺人以後就一直放不下來，還有媽，帶著她總算報仇，駭人的心滿意足。這一切要全世界扛在背上承擔，在這 1962 年七月停火期間。

在這個炎熱的夜晚，沒有什麼事情，可以讓人預料到會發生一場兇殺。你問在那之後我真正的感受？一種強烈的解脫。一種不覺得驕傲的如願以償。內心深處，有個東西坐在那裡，蜷縮著肩膀，雙手捧著腦袋，發出一聲那麼

深沉的嘆息；聽著，我就不禁熱淚盈眶。當我終於抬起眼睛環看四周，看到這我剛剛行刑殺死陌生人的庭院竟是如此巨大，又一次讓我訝異。當所有的期盼及擔憂都彷彿一掃而空，我終於可以呼吸。一直以來，我都是被閉鎖在木薩之死與我媽媽的監視所劃出之防線範圍裡面生活，但此刻，有一塊擴及全部天黑之地，由這一個夜晚獻上的領土，而我看到自己矗立在正中央。等到我的心臟歸於原位，所有的事物也都回復平常。

　　媽，從她那邊，仔細端詳法國人的屍體，心理上，已經在做各種打算，也花腦筋測量我們要幫他挖個多大的坑。她跟我說了些什麼，但我沒聽進腦子裡；她又講一次，這次我聽到了：「動作快！」她用的是權威而刺耳的語氣跟我說，是那種對奴僕下命令的語氣。要做的不光只是掩埋一具屍體，還有像是在劇場裡，最後一幕結束後，要將整個場景收拾整理，打掃。（把海灘的沙子掃乾淨，把身體埋進地平線捲曲的皺折，把兩個阿拉伯佬著名的岩壁推開，丟到丘陵後面去，把手槍當泡沫般的溶解，切換開關讓天空重新亮起來、讓大海恢復嘆息，還有，最後，走回去那個小木屋重新加入這個故事裡那些被固定住的人物們。）啊，對！還有，最後的細節。我得要從時鐘討回我所有度過的時日，要把機心重新撥回去那被詛咒的鐘面數字，讓它跟木薩被殺害的確切時分正好一致：下午兩點－柱季。我注意聽著，直到聽見時鐘齒輪清楚而規律的滴答滴答作響。因為，你知道嗎，我殺死法國人是在凌晨兩點。那一

刻起，媽不再因恨而老，而是開始自然老化；皺紋將她折成千張書頁，她自己的祖先好像終於息怒，而願意帶她進入迎向終點的初步討論。

至於我，該怎麼跟你說好呢？即使得要拖著另一具屍體，我還是覺得自己重獲生命。好歹，我心想，拖的是陌生人的，而不再是我自己的屍體了。這個夜晚，是我們這由死人跟復活者組成的詭異家庭永遠的祕密。我們將歐洲異教徒的身體埋進一角土地，在中庭的旁間。媽從那時開始看守著，惟恐他哪天死而復生。我們在月光下挖掘。看來誰也沒聽到那兩聲槍響。那時候，殺人不是什麼新鮮事，我跟你說過了，那是獨立的前面幾天。在那個詭譎的階段，人們可以無後顧之憂的殺人；戰爭已經結束，但死亡化身成意外，或者是報仇雪恨的故事。更何況，一個法國人在村莊裡失蹤？不會有人去說它的。至少剛開始的時候不會。

好了，現在你知道我們的家族祕密。你，跟你身後那個虛偽的幽靈。我注意著他的前進，每個晚上，一點一點的往我們靠過來。他也許都聽到了，但我管他的！

沒有，我不是真的認識他，我殺死的這個法國人。他很胖，我記得他的格子襯衫，卡其布的外套跟身上很重的體味。那晚上，凌晨兩點，當媽跟我，我們被個響聲驚醒，而我起來要去一探究竟時，最先察覺的就是很重的體味。那是個物體摔落的悶響，緊接著一段更加喧嘩的無聲，以及恐懼的髒臭味。他是如此的慘白，讓他在躲藏處的陰暗裡也無以遁形。

　　我跟你說過，這晚，夜色像是輕薄的簾子。我也跟你說過那時候，殺人不算回事，而且多的是殺人的－除了法國極右主義的「秘密軍事組織」（OAS），還有後期的「阿爾及利亞民族解放陣線」（FLN）的<u>戰士</u>也都殺人。那是動盪的時刻，沒有主人的土地，殖民者倉皇遠去，被佔據的莊園。每個夜晚，我都是在警戒狀態，保護我們的新家不被破門而入，不被小偷光顧。房子的主人，雇用媽的拉賀魁一家，三個月前就已經逃走了。因此，憑著置身現場的權利，我們就算是這地方的新主人了。一切都那麼順理成章。某天早上，從我們住的工寮，離老闆的家不遠處，我們聽到尖叫、推動家具、引擎的噪音跟更多尖叫聲。那是 1962 年的三月。當時因為沒有工作，我留在村子裡，而媽幾個星期前就頒佈了某種臨時法令：我必須留在她警戒可及的防線範圍內。我看著媽走進去她老闆的家裡，待了一個小時後，帶著眼淚回來；但那可是喜極而泣。他們告訴她，他們都要走了，而我們要照顧好房子。也就是說在他們回來之前，我們要負責管理。他們從此沒有回來。他們走的隔日，天一亮，我們就搬進去了。我永遠記得最初那些時候。第一天，我們根本不敢去佔用主要的房間，我們心滿意足，也帶著若干畏懼，在廚房住下來。在庭院的檸檬樹下，媽給了我一杯咖啡，然後我們坐在那裡吃飯，安安靜靜的；自從我們逃離阿爾及爾以後，這時才終於來到一個像樣的地方。第二個晚上，我們走進一個房間探險，用我們充滿讚嘆的手指觸摸那些餐具。其他的鄰居，他們

也是，全副警戒，去尋找可以敲破的門，可以佔據的房子。我們需要果斷決定，而媽也當下採取行動。她口誦一個我沒聽過的聖人之名，邀來了另外兩個阿拉伯婦人，煮好咖啡，盪著煙香繚繞的香爐走過每一個房間，還給了我一件從衣櫃裡面找出來的西裝外套。這就是我們慶祝獨立的東西：一個新家，一件外套跟一杯咖啡。接下來的日子，我們還是時時提防，擔心屋主會回來，或是有人會來將我們趕走。我們睡得很少，保持警戒。不可能去依賴任何人。夜裡，我們也不時會聽到被摀住的嚎叫、奔跑的聲音、喘息……各種讓人擔心害怕的聲音。許多房子的門都被砸破，我甚至看到，一天晚上，有個當地人家都知道的游擊隊員對著所有路燈開槍，以便在四周無法無天的大肆搶奪。

　　還留著的一些法國人，就算有那些保護他們安全的承諾，依然憂心忡忡。一天下午，他們全都到哈朱特，聚集在教堂的門口，靠近那沉重的市政廳，在大馬路的正中間，抗議兩個法國人遭到可能是剛加入游擊隊沒幾天的激動戰士給殺害。那兩個戰士在經過馬虎的審判後，被他們的隊長槍決；但這不足以阻止暴力的繼續發生。當天，我在市中心找看看有沒有開著的店，就在那裡，一小群聚集的憂愁法國人間，我看到了那晚成為我槍下亡魂的人。是那晚還是隔天？也可能是幾天以後？我已經弄不清楚了。他穿的就是死掉那天的襯衫，沒看任何人，失落在他那群帶著憂心凝望大街彼端的同胞中。他們都等候著阿爾及利亞掌權者的來臨，等待他們可以適用的公平正義。我跟他有短

暫的視線交會，而他低下雙眼。他看我不是陌生人，我也一樣，曾經在拉賀魁家族的莊園看見過他。可能是好友，或是親戚，不時來造訪。這天下午，天上有個巨大沉重又刺眼的太陽，叫人難耐的酷熱讓我精神恍惚。通常，走在哈朱特我總是快步疾行，因為沒人知道為什麼，在我的年紀，我沒有上山打游擊去解救國家，去趕跑所有的異鄉人莫梭。在那一小群歐洲異教徒前短暫停駐之後，我往回家的路走，頭頂著鋼鐵太陽。那太陽在天空中緩慢的發出刺耳的聲音，犀利的光線不是為了粗獷的照亮大地，而像是要獵捕幾個逃兵。我悄悄的回頭，看到那個法國人一動不動，還是盯著他的鞋子，然後我就忘了他了。我們住在村莊的邊緣，再過去就是農田；一如往常，媽在那裏等著我，身體靜止，滿臉嚴肅，彷彿是準備好迎接總是可能來到的壞消息。入夜後，我們就都去睡了。

　　是那悶暗的響聲把我喚醒。我先以為是野豬，還是小偷。黑暗中，我輕敲媽媽的房門，然後打開；她已經坐在床上，像隻貓一樣盯著我。我輕輕的從層層布巾中，把藏在裡面的手槍拿出來。槍怎麼來的？很偶然。原本是藏在棚子的屋頂下面，兩個星期前，被我發現。一支很重的老左輪槍，像隻只有一個鼻孔還散發出奇怪味道的金屬狗。我記得，在那晚，槍的重量不是把我引向地面，而是拉向一個晦暗的目標。當時那個屋子突然間又變得完全陌生，但我記得我並不害怕。那是快凌晨兩點的時候，只有遠方的狗叫聲能標出大地與熄燈天空間的邊界。怪聲是從棚子

那邊來的，而且已經有個很重的味道，我找過去，媽在我
背後，把拴在我脖子上的繩索勒得比往常都緊；當我來到
棚子下，用眼睛在昏暗中搜索，黑色的身影突然有了眼睛，
襯衫，還有部分的臉，跟一個扭曲的表情。他就在那裡，
被困在兩個故事跟幾堵牆之間，唯一的出口是我的那個故
事，而在裡面他沒有任何機會。槍把我的拳頭變得沉重，
也彷彿把他催眠了。而我覺得，他是那麼的害怕，根本無
能為他的死怨恨我或是責怪我。當時如果他動一下，我就
會去揍他，然後他會臥倒在地上，臉撞著夜，在他頭部周
圍，泡泡在表面破碎[30] 但他沒有動，起碼剛開始沒有。「我
只要轉身離開然後一切就會結束了[31]」，我跟自己這麼說，
但打從心底不相信。而且媽就在那裡，她不會讓我有任何
退縮，她要那用她自己的雙手無法取得的：報仇。
　　我們什麼話也沒有說，她與我。突然間我們，兩個人
一起，都陷入了某種瘋狂中。可能是因為我們都同時想到
了木薩。這是跟他做個了斷，尊嚴的把他埋葬的機會。就
好像，從他死了以後，我們的生命就只是齣鬧劇，或是什
麼重罪的緩刑，而我們能做的只有等候，等這個歐洲異教
徒自己回到犯罪的場地，那我們帶過來、或是我們走進去
的場地。我往前走了幾步，感覺到身體抗拒的遲疑。我要
衝破這個抵抗，又往前跨了一步。這時候那法國人動了，
也可能他根本沒動；黑暗中，他往棚子最裡面的角落蜷縮
進去。在我前面，一片晦暗而每個物體，每個角度，所有
的曲線都以一種對理性帶來侮辱的模糊勾畫[32]。因為他向

30　作者模仿卡繆在《異鄉人》第一部分第六章阿拉伯人被毆打的描述。
31　引自卡繆《異鄉人》第一部分第六章。
32　作者模仿卡繆在《異鄉人》第一部分第一章對靈堂的描述。

後退，黑暗吞吃了他僅存的人性，看得到的只剩那襯衫，
讓我想起他早上空洞的眼神；也許是前一天，我弄不清楚
了。

　　那就像是敲打解脫之門的短促兩響。至少，我是這樣
覺得。後來怎樣？我把他的屍體拖到庭院，然後我們埋了
他。要埋一個死人真的不是書本或是電影裡要我們以為的
那麼容易。屍體比起活人重了一倍，你伸手他也不會幫你
一把，還緊緊耙著跟土地最後的接觸面，用他所有麻痺的
重量黏著。那個法國人很重，而我們沒有時間。我把他拖
動了才一公尺，那鮮血染紅的襯衫就扯破了。我手上撕下
一大塊布。我跟媽喃喃對話了幾句，她看來心不在焉，此
刻開始，她已經把丟給我的世界當做過去的佈景，一點不
感興趣。靠一把鐵鍬一把鏟子，我在這場景唯一的見證－
檸檬樹－之旁挖出一個深坑。很詭異的，我覺得冷；然而
我們正在盛夏，這夜就像等候太久愛情的女人一樣火熱與
感官，但我想要不斷不斷的挖，永遠無需停止或是抬起頭。
媽突然將丟在地上的衣服破布拾起，深長的聞著，而這好
像讓她恢復了視力。她的目光在我身上停住，看似驚訝。

　　後來呢？就沒什麼了。當這夜－她的樹木沉浸在星海
裡幾個小時，她的月，那消失的太陽最後蒼白的痕跡，我
們小家園的門禁止時間鑽進來，晦暗是我們那唯一的失明
證人－當這夜溫柔的開始揭開那些模糊，重新還給事物他
們的角度，我的身體終於明白已經到了結束的時刻。我帶
著一種幾乎動物的愉悅全身發顫。就這樣躺在庭院的地上，

閉上雙眼，為自己創造一個還要更濃密的夜。等再度張開雙眼，我看到，現在都還記得，更多的星星掛在天空，而我知道我被困進一個更大的夢，更無邊際的否定裡面；那夢，那否定屬於另一個永遠閉上雙眼，什麼都不想去看的人，就像我。

九

　　我跟你講這個故事，不是事後要找藉口脫罪，也不是想擺脫什麼良心不安。絕不是！在我殺人的那個年月，神，在這個國家還不像今天那樣活躍與沉重；而且話說回來，我根本不怕地獄。我只是老覺得厭倦，常常想睡覺，有時，會有極度的暈眩。

　　兇殺過後的隔天，一切如常。還是一樣炎熱的夏天，要命的刺耳蟲鳴跟狠狠的直打在大地肚子上的太陽。唯一改變的，對我來說，也許，就是我已經跟你描述過的感覺：在我犯下罪行的那一刻，我感覺到，在某處，有扇門永遠的對我關上。我因此明白我已經被判定有罪了。是誰做的判決？我不需要法官，也不需要神，更不需要審判那種化妝舞會。我自己判就夠了。

　　我夢想要一個審判！而且我跟你保證，跟你那英雄相反，我會是帶著解脫的激動去經歷那過程。我夢想一個擠滿人的法庭。偌大的法庭，在裡面媽終於得閉嘴，不會說那種語言就無法幫我辯護；她坐在長椅上，一副呆樣，連自己的肚子跟我的身體都分不清楚。在法庭的最後面，會坐著幾個百無聊賴的記者，還有阿樂比，我哥木薩的那個朋友；瑪利亞美一定要在，她上面會有幾千本書，像用個

狂亂的目次編號的蝴蝶在飛舞。然後你那英雄扮演檢察官，像在一個奇特的舊片翻拍裡，詢問我的姓，我的名字，我的出身。裡面也會有約瑟夫，我殺死那人；還有我鄰居，恐怖的古蘭經朗誦者，他會到我的牢房來看我，跟我解釋神懂得寬恕。但這會是個很粗製濫造的場景，因為它根本缺乏內涵。究竟能控告我什麼啊？我到死了以後都還在服侍我媽媽，而且，在她的眼皮下，得活埋自己好讓她可以有希望活下去……還有什麼可以說我的？說我殺死約瑟夫的時候沒有掉眼淚？說我往他身上射了兩發子彈以後還跑去看電影？不！當年根本沒有我們可以去的電影院；而死掉的人是那麼的多，沒人會為他們哭泣，只能給他們個編號跟兩個證人。我白費苦心的去尋覓法庭跟法官，但我一直都找不到。

　　到頭來，我比你那英雄活得還要悲劇。我，輪流的，一個接著一個分別去詮釋這些角色。有時是木薩，有時是異鄉人，有時法官，有時是帶隻病狗的男人、虛偽的雷蒙，有時甚至是那嘲弄殺人犯的邪惡吹笛人。簡單說這是個封閉空間，我就是唯一的主角。好個精采的 one-man-show。在這個國家，到處都有異鄉人的墓園，而那充滿綠意的寧靜都只是表象。這些美好的小世界裡儘是喧嘩與激動，試著要在世界末日跟審判開始之間死而復生。太多了！真的太多了！沒有，我沒有喝醉，我夢想要一個審判，但所有的人都先死了，我是最後一個可以去殺人的。該隱跟亞伯的故事，不是發生在人性之初，而是在人性的終結。現在

你比較明白了，是不是？這不是一個無聊的寬恕或是報仇的故事，而是個詛咒，是個陷阱。

我想要的，是能夠記得；我如此希望記得，帶著那麼強勁的力道，我也許可以回溯時間，來到 1942 年夏日的這一天，然後禁止這國家裡所有可能的阿拉伯佬進入那個海灘，足足兩個小時。或者，對，在我看著法庭被酷熱壓垮時，終於，被定罪。困在牢房，用我的肌肉跟思想去對抗四壁跟拘禁時，在無窮無盡與身體的喘息間，去瘋狂幻想。我恨我媽媽，我真的恨她。事實上，犯罪的人是她。是她拉著我的手，而木薩拉著她的手，就這樣一直拉到亞伯跟他哥哥。我這是在談哲學？對啦對啦。你那英雄最清楚了，謀殺是哲學家唯一應該問的好問題[33]。其他的都是廢話。而我其實就是個坐在酒吧的男人罷了。天要黑了，星星一顆顆的浮現，而暝夜已經給了天空那令人暈眩的深沉。我喜歡這種規律的結局，暝夜又再度招喚大地迎向天空，還交付給大地幾乎是一樣深遠的無垠。我是在夜裡殺的人，從那以後，暝夜的廣大無邊就是我的共犯。

啊！你似乎對我的語言感到訝異。我是在哪裡、怎麼學會法語的呢？在學校。自己學。跟瑪利亞美學。我能精通你那英雄的語言，尤其因為有她的幫助；也是她讓我發現，然後一讀再讀你偶像崇拜般收在書包裡的這本書。法語就這樣變成一個吹毛求疵而且鍥而不捨的調查所使用的工具。我們一起把法語當做放大鏡一樣，帶著走進犯罪場景。靠著我的舌[34]與瑪利亞美的口，我嚥下了幾百本的書！

---

33 指卡繆在《薛西弗斯的神話》開頭說的：「真正嚴肅的哲學議題只有一個：那就是自殺。」
34 原文的 langue 同時有舌頭跟語言的意思。

當時我覺得，我靠近了殺人犯曾經住過的那些地方，在他朝向虛無前進時，揪住他的外套，逼他轉過身來，要他仔細端詳我的臉孔，認識我，跟我說話，回答我的問題，把我當一回事：面對我的復活，他害怕得全身發抖；因為他之前就跟全世界說我死在阿爾及爾的海灘上了！

　　但我要再回來說那場兇殺，因為除了我在這破爛酒吧送給自己的審判，我想，我應該沒有其他審判可說了。你還年輕，但你可以幫我擔任法官、檢察官、旁聽民眾、記者……等等。就這樣，我殺了人以後，緊接著，讓我最覺得遺憾的，不是失去了純真，而是失去了一直以來劃在生命與犯罪間的那道邊界。在那之後，想要恢復這條界線非常困難。純真，我們殺人就會失去，是一種代價。但是在那之後，時常，我會感受到一種難以置信、幾乎把自己當神的昏頭；我會想要，至少在夢境裡會要，想辦法用謀殺來解決所有問題。我的被害者名單可長得很。首先，就從我們一個自封「老反抗軍聖戰士」的鄰居開始，大家都知道他是個冒牌貨兼爛癮三，污掉了好多真的聖戰士的撫卹金。接著是一條從不睡的狗，棕毛，骨瘦如柴，帶著瘋狗眼，拖著一身骷髏在我們社區晃；再下一個，是每次齋月過後開齋節都會來的舅舅，多少年了每回都說一定會還清他欠我們的舊債，但從沒還過；最後，是哈朱特的第一任市長，他因為我沒跟其他人一樣上山去打游擊，就把我當不舉的廢物對待……在我殺死約瑟夫把他丟進井裡以後，這種念頭就很常出現；當然，丟進井裡只是一種說法，你

知道我是把他埋土裡的。當我們可以靠幾聲簡單的槍響就解決全部問題，幹嘛還要去忍受針鋒相對、忍受不正義或是敵人的仇恨呢？沒受到懲罰的兇手，就會對偷懶省事產生相當的愛好。

但是也有一個無法恢復的東西：犯罪永遠的破壞了愛情以及愛人的可能性。我殺了人，那之後，生命在我眼中就不再是神聖的了。也因此，我認識的每個女人的身體，都會很快的對我失去官能性，失去讓我幻想絕對的可能性。面對每個慾望的高峰，我都深知人活著沒有任何堅實的東西可以依恃。而因為要毀之是如此輕易，我就無法愛之；一切都終會讓我失望的。我只殺了一個人，就讓所有人類的身體都冰冷了。順便跟你說，親愛的朋友，古蘭經裡面唯一讓我有共鳴的經文是這麼講的：「如果你殺死一個靈魂，就跟你殺死人類全體是一樣的。」

對了，今天早上，我在一張舊報紙上面看到一篇很精采的文章。講的是一個叫 Sadhu Amar Bharati 的人的故事。你可能從來沒聽過這位先生。他是一個據說保持右臂高舉朝天足足三十八年的印度人。結果，他的手臂變成真正的皮包骨。一直固定不動，直到他死掉。到頭來，這個故事可能也是我們所有人的故事。在有些人，是他們失去愛人身體而抱空的雙臂，在另一些人，可能是兒童已經老去還硬牽著的那隻手，或是一隻舉著卻從來不敢跨過那門檻的腳，或是一直不敢吐出那句話的緊閉牙關……等等。從早上，我想到這事情就很樂。為什麼這個人從來都沒放下過

手臂？文章上說，他屬於中產階級，有工作，太太，三個
小孩，過著正常而平靜的生活。有一天，神跟他說話，他
接受了神諭。神要他在全國不停的旅行，保持右臂高舉，
祈求世界和平。三十八年後，他的手變成化石了。我喜
歡這個怪異的奇聞軼事，跟我現在正跟你說的這個故事有
相似之處：一個抬著手臂的故事。在海灘擊發幾顆子彈的
五十年以後，我的手臂在那兒，抬著，無法放下，佈滿皺
紋，被時間啃食，已經死掉的骨頭上包覆著乾枯的皮。但
其實我整個存在的感覺都是如此：沒有肌肉卻僵直而疼痛。
因為要保持這個姿勢不只需要拋棄一隻手，同時還得要去
忍受那可怕而持續的疼痛；即便如今這些痛苦已經消失。
你聽，那個印度人說：「原來的確是很痛的，但現在我已
經習慣了。」記者費了不少力氣很細節的描述這個甘願為
信仰受苦的人。他的手臂完全失去知覺。卡在一個半垂直
的姿勢，最後變得乾枯，而他的指甲長到捲回手上。剛開
始，這故事只讓我覺得好笑，但現在我是帶著嚴肅的在思
考。這個故事很真實，因為我也經歷過。我看到媽的身體
僵硬在同一個固定而不能回復的姿勢裡。我看著她枯乾，
就像那個男人麻痺掉的手臂，對抗地心引力的撐著。媽還
是尊雕像。我記得當她沒事做的時候，她就停在那裡，坐
在地上，一動也不動，像是要放空她存在的理由。是啊！
若干年後，我才了解到她有多大的耐心，還有她是如何拉
著阿拉伯佬，也就是我，直拉到那個場景去抓起那把左輪
槍，處決歐洲異教徒約瑟夫，然後埋了他。

　　該回家了，年輕人。通常人在坦白認罪以後會睡得比較好。

我犯下罪行的隔天，一切都很和平。掘完墳穴後的我精疲力盡，就在庭院裡癱睡了過去。是咖啡的香味喚醒我。媽哼著歌！我記得很清楚，因為，縱然只是低聲哼著，這是她第一次隨性的唱起歌來。世界的第一天，你是永遠不會忘的。檸檬樹可說是裝做什麼都沒看見。我決定這天不要出門。留在我媽媽身邊。她的體貼，她的無微不至是人們對待寶貝的孩子、遠行歸來的旅人、從大海生還的親戚那樣，洋溢喜悅而滿臉堆笑。但她是在慶祝木薩的歸來。所以當她遞杯咖啡給我時，我轉身不理，甚至她突然輕撫我的頭髮時，差點要把她手撥開。而在抗拒她的當下，我已然知道，此後都不能忍受另一個身體的靠近了。我太誇張了？真正的謀殺會給人全新而且明確的定見。去讀你那英雄關於他在牢裡的描述[35]。我自己，常常重讀這段，我覺得是他那太陽跟鹽的大雜匯裡面最有趣的一段。你那英雄那些大哉問，是在牢房裡面，問得最有道理。

　　天空浮現跟我無關的顏色。所以我回到房間，又睡了幾個小時。近中午的時候，有隻手把我從睡夢中搖醒。當然是媽，還能是誰？「他們來找你了」，她跟我說。她的樣子既不擔心也不害怕；我知道她怎麼想的：她的兒子不

可能被殺死第二次。木薩的故事還得有一些次要的儀式才能夠真的告終。這時大概已經是下午兩點又過幾分了。我走出來到小庭園，看到兩個空的咖啡杯，一些煙屁股，跟填好鋪平的地面上一些腳印。媽跟我說，前晚那兩聲槍響讓戰士們注意到了。其中有幾位，在附近的，都認為槍聲來自我們家，所以他們就來看看我們怎麼說。那兩個士兵用眼睛大概巡視了庭院，坐下來喝著咖啡詢問我媽媽的生平跟家裡的狀況。媽又演她那套好戲，唱作俱佳的講木薩的事，講到兩個戰士最後都來親吻她的額頭，安慰她說她的兒子，還有每逢夏天、準時下午兩點被法國人殺死的其他幾百萬人，這血海深仇都已經漂漂亮亮的報復雪恨了。但在離開前，他們跟她說：「有個法國人昨晚失蹤了。讓你兒子到市政廳來，上校有話問他。我們會把他還給你的；只不過是要問他幾個問題。」媽這時暫停敘述，看著我，她那小小的眼睛好像在問：「你打算怎麼辦？」然後她壓低聲音，又接著說，從凶器到血跡，她都已經全部滅跡了。在檸檬樹旁邊，灘著一大坨牛屎……那夜的一切都消失無蹤，沒有汗水，沒有塵埃，沒有回音。那法國人被鉅細靡遺的抹滅，用的正是二十年前，用來抹滅海灘上阿拉伯佬的那種鉅細靡遺。約瑟夫是法國人，而在那年月，這國家裡幾乎到處都有法國人死去；但其實阿拉伯人也死得一樣多。七年的解放戰爭把你那莫梭的海灘變成了個戰場。

　　在我，我很清楚這塊土地上的新任頭子對我哪裡有意見。就算我背上背著一具法國人的屍體去投案，我的罪行

不會是眼睛看到的，而是另一個，關乎老天賦予的本性：怪裡怪氣就是我的罪行。當下，我就先決定了不要那天去。為什麼呢？並不是我勇敢，也不是因為算計，就只是因為覺得全身乏力不想動。下午的時候，我好比記得個日期一樣記得特別清楚，天空又重現一種燦爛的青春。我覺得好輕快，與心裡的其他重量取得了平衡，好從容，好適合放空什麼都不做。我身處木薩之墓與約瑟夫之墓中間，都保持著相同的距離。那理由你會懂的。有隻螞蟻在我的手上奔跑。我想到自己的生命，生命存在的證據，其溫度……尤其對比就在我身旁兩米，檸檬樹下，那死亡的證據，不禁覺得激動而無語。媽很清楚她為什麼殺人，而也只有她自己知道。她的堅定確信，跟我、跟木薩跟約瑟夫都沒有關係。我抬起眼睛看她，看到她正掃著庭院，向地面彎著腰，跟她那些此後就住在她腦海裡的死人還是舊鄰居討論著。就在那一剎那間，我覺得她很可憐。我手臂的僵硬變成一種尖銳駭人的喜悅，眼睛盯著牆上陰影緩慢的向下滑落。然後我就又去睡了。

　　就這樣，我幾乎是連睡了三天，睡得很沈，中間有幾次醒來，但不夠讓我真的恢復自己的名字。我躺著，不動，在床上，沒有想法也沒有計畫，一具全新而閃耀的身體。媽不管我，要表現她的耐心。至今每當我想起，都覺得那幾天的漫長沈睡是很怪的；何況當時外頭整個國家還正在被她自由的狂喜撕裂著！成千上萬的莫梭跟成千上萬的阿拉伯佬都在四處奔跑。但我那時覺得這些都跟我無關。要

到後來，幾個星期還是幾個月後，我才一點一點發現毀壞跟狂熱有多麼巨大無邊。

　　啊！你知道，我是從來沒有想要寫書的，但我倒是夢想叫人去寫一本。一本就好！不要誤會了，不是要寫一本你那莫梭的翻案調查，是別的東西，要私密得多。一本《消化大全》。就是這個。是一種講烹飪的書，混合著氣味跟形而上學、湯匙跟神性、民族跟肚子、生的跟熟的。最近才有人跟我說，這個國家裡賣得最好的書就是烹飪類書籍了。我懂為什麼。當媽跟我好不容易從我們的悲劇裡醒來，還搖搖晃晃，好像終於有點恢復平靜的時候，這國家其他所有人正在塞滿嘴巴，大口吞吃土地，吞吃剩下的天空、房子、樑柱、禽鳥跟所有沒防衛的物種。我的同胞們給我的印象是，他們不單用雙手，還用身體其他部分進食：用眼睛，用雙腳、舌頭跟皮膚。什麼都能吃，麵包，各種糖，遠方來的肉，各種禽類跟青草。但後來看起來是吃到枯竭，吃到不夠了。我覺得這個民族還需要什麼更大的東西，才夠去平衡失落的深淵。我媽媽把這叫做「沒完沒了的蛇」。而我，我覺得這會把我們所有人都帶往夭折，或是從土地周圍的高處跌進一無所有。你看吧，好好的看看這個城市跟這些人，就在我們周圍，看了你就明白了。多少年來就是這樣，什麼都可以吃下去：石膏，海邊找到磨得又圓又亮的石頭，剩下的樑柱。幾年下來，這隻怪獸變得連看都不看，一段一段空著的人行道也吃下去。有時一直吃吃到沙漠邊緣；而沙漠還能留下小命，我猜，得歸功於無味沒

營養。動物好多年前就都沒有了，如今只剩書本裡的影像。這國家也沒有森林了，一點不剩。白鶴巨大的鳥巢，以前高掛在叫拜樓或是最後幾個教堂的頂端，那少年的我怎麼都看不膩的，現在也都看不見了。你看到那些建築物的門廳、空的住宅、那些牆、殖民者以前的酒窖、那些斷垣殘壁了嗎？那就是一頓飯。唉！我又跑題了。我本來跟你講的是世界的第一天結果我講到末日去了⋯⋯

　　我們剛剛講什麼？啊！對，犯罪後的隔天。所以，那天我什麼也沒做。將像我跟你說的，當整個民族在吞嚥那很難相信可以重新找回來的土地時，我正在睡覺。連續好幾天，沒有名字，沒有語言的日子；從一個沒預期的角度，超越他們慣用的命名，一切回到最原初的感官⋯⋯我用不同以往的方式去認識生靈、樹木。我很快的理解到你那英雄的天才：將日常的共通語言給撕開，好讓王國的背面浮現出來，一個更加震撼的語言等著要把整個世界換種方法描繪的地方。就是這個！你那英雄之所以能把謀殺我哥描繪得那麼好，是因為他已經到達了一種全新語言的境界，在其範圍裡面威力更強，能夠毫不留情的雕琢文字之石，讓它們像歐幾里得幾何般的直白。我相信，這才是真正的偉大風格，用那種到了生命最後一刻，不得不然的嚴苛精準來說話。想像一個將死之人，還有他說出的每個字。這就是你那英雄的天才：他在描繪世界時，好像自己隨時要斷氣了，必須計算僅存的呼吸來遣詞用字。真正是惜字如金。

　　五天以後，我才應這國家的新任頭子的命令，來到哈朱特的市政廳。到那裏，我就被拘捕，然後丟進一間裡面關著好幾個人的房間；當中有幾個阿拉伯佬（大概是沒去參加革命或是革命沒有殺掉的），但大多數是法國人。這些人我都不認識，連看都沒看過。有人用法語問我為什麼進來。我回說我被控殺死一個法國人；所有人就都不再講話。夜幕低垂。整個晚上，臭蟲咬得我睡不安穩，但這我還算習慣。是太陽的光線，穿過小小的透氣窗，把我喚醒。我聽到走廊傳來的噪音、腳步聲，還有高喊的命令。沒有咖啡可以喝。我等著。法國人仔細看著在場幾個阿拉伯佬的臉；他們也都端詳回去。最後終於來了兩個戰士，用下巴指指我，獄警拎著我的脖子把我拖出去。他們把我帶上一輛吉普車，看來，我要被移送到軍警隊，獨自關在一間牢房。阿爾及利亞的國旗在風中拍打。路途中，我在馬路較低的一邊看到媽媽，包在她的布巾裡面。她站在一邊讓車隊經過。我含糊的對她笑了一笑，但她像大理石般不動。她應該是目送了我們以後才再繼續行走。我被丟進一間牢房，<u>我有個便桶跟一個鐵臉盆</u>[36]。監獄的位置是在村莊的中間，而透過一個小窗戶，我可以看到一棵松樹，它的樹幹被漆上石灰。一個獄警進來說我有訪客。我想應該是媽媽，果然沒錯。

　　我跟著那沉默寡言的獄警走完一道沒完沒了的長廊，來到一個小房間。那裡有兩個<u>戰士</u>，對我們視若無睹。他們看起來疲憊、過勞而緊張，眼神有點瘋狂，像是在追捕

36　同卡繆《異鄉人》第二部分第二章之描述。

打游擊那些年讓他們提心吊膽的，看不見的敵人。我轉身朝向媽媽，她的表情嚴肅，但是從容。她坐在一條堅硬，結實的木頭長椅上。我們身處的這個房間有兩扇門：我走進來那扇，跟通往第二個走廊的門。在那裡，我看到兩個小老太婆，法國人。前面那個穿一身黑，緊閉雙唇。第二個胖女人有一頭亂髮，看起來很緊張。我還看到，有另一個房間，看起來像辦公室，有翻開的檔案，掉地上的紙張跟一面打破的玻璃窗。全部都很安靜，事實上有點太過安靜了，讓我找不到話說。我不知道該講些什麼。一直以來我跟媽就極少說話，而且我們很不習慣看到四周有那麼多人在，聚精會神要聽我們說什麼。之前只有一個人逼近了我們的兩人世界，我已經殺死他了。但在這裡，我沒有武器。媽突然向我靠過來，我疾速後退，就像有人要打我耳光或是把我一口吞下去的反應。她講得很急：「我已經跟他說了，因為我只有你這個兒子，就是因為這樣你不能去加入游擊隊……」她停了一下，然後繼續說：「我有跟他們說木薩死了。」她講這些事情，彷彿那就是昨天才發生的，或是發生的時日只不過是無關緊要的細節。她跟我說，她把那兩張寫著某個阿拉伯人在某個海灘上被殺死的剪報給上校看。上校不太相信。上面沒有名字，根本沒有東西可以證明她就是殉道者的母親；更何況，那是發生在 1942 年的事，能不能算得上是殉道者都是問題？我跟她說：「這很難證明。」那法國胖女人似乎遠遠的把我們的對話聽得異常仔細。所有的人都在聽，我覺得。他們也沒有其他的

事情可以做。老實說。還可以聽到的只有外頭的鳥叫、引擎的聲音、樹木學著在風中舞蹈……但這些都不是太有趣。我不知道還能說什麼。媽像在呢喃一個秘密，突然低聲對我說：「我沒有像其他女人那樣哭哭啼啼。我猜，因為這樣所以他相信我。」此時我突然了解了她真的想跟我說的事情。整個對話也就結束在這裡。

我有種感覺，好像所有人都在等待一個體面的出口，一個信號，手指彈那麼一下讓大家醒來，或是終止這個會面但不要顯得可笑。我感受到背上那巨大的重量。一個母親跟坐牢兒子的面會就是必須要結束在一個溫柔擁抱或是哭哭啼啼裡。我們兩人間得有一個要說些什麼東西……但是一直什麼也沒發生而時間像是無止境的延長。接著我們聽到汽車輪胎摩擦地面的聲音。媽媽急促站起，走廊那邊，雙唇緊閉的小老太婆往前跨了一步，一個士兵向我靠過來，把手放在我肩上，另一個士兵輕輕咳著。兩個法國婦人盯著走廊的另一頭，我看不到那邊，只聽到步伐踩在地上的響聲。當腳步聲一點一點靠近，我看到那兩個女人也逐漸蒼白，逐漸蜷縮，逐漸崩潰，一邊投射出驚慌的目光。比較胖的那個指著我說：「就是他，他會說法語。」媽跟我悄悄的說：「上校相信我了。等你出去，我就幫你娶媳婦。」我沒想到會有這麼個承諾。但我明白她為什麼要這樣跟我說。之後我就被帶回去我的牢房。在裡面，我坐著，看著那棵松樹。我腦袋裡面有各種的念頭在相互衝擊，但我覺得平靜，而且我回想起阿爾及爾的巴布瓦德區，媽跟我漫

無目的的步行，我們如何來到這裡，到這個村落，那光線，那天空，那些白鸛的鳥巢。在哈朱特，我學會了捕鳥，但過了幾年，我就不覺得好玩了。為什麼我從來沒有拿起武器，走上打游擊那條路呢？是的，在那個年月，作為一個年輕人，在海邊不能去游泳的時候，那就是應該要去做的事。我那時二十七歲，而在村莊裡，大家都不懂為什麼我還在鄉下混，而不是跟著「兄弟們」一起去打游擊。自從我們來到哈朱特，人們總是嘲笑我，從沒停過。人們以為我病了，不配當個男人，或者認為我是那個說是我媽的女人的禁孌。十五歲的時候，我得藉著一支用沙丁魚罐頭蓋子磨成的刀片，親手殺死一隻狗，才讓同年齡的男生不再嘲笑我，不再把我當膽小鬼、娘娘腔。還有一天，某個男人看我在街上，跟其他男孩玩球，對我喊說：「你那兩條腿是不是同一個人的啊！」在媽媽的堅持下，我去上學；很快的，我就能夠將她收藏的兩張剪報唸給她聽。那上面描述木薩是怎麼被殺死的，但完全沒有寫出他的姓名、他住的地方、年紀，連個姓名縮寫都沒有。但事實擺在眼前，我們可以說比起整個民族都要早開始了戰爭。沒錯，是在1962 年的七月，我殺死了一個法國人。可是在長大後成為全國戰爭領袖的他們還在玩小孩彈珠，在阿爾及爾的市場幫人提籃子的年代，我們家就已然經歷了死亡，殉道者，遠走他鄉，逃亡，飢餓，悲苦跟尋求正義。

　　就這樣，二十七歲的時候，我被當做不正常。早或晚，我都得回答這個問題。結果是由一個民族解放軍隊的

軍官偵訊。時間在我透過窗戶看到的天空中飛逝，在樹木的顏色變得陰沉嘮叨中飛逝。獄警拿吃的東西給我，我謝謝他，心想我還擁有睡覺這個享受。在牢房裡，我打從心裡感受到自由，沒有媽也沒有木薩。在留下我獨自一人之前，獄警轉過身來向我問道：「為什麼你沒有去協助那些兄弟們？」他跟我說話的方式完全沒有惡意，幾乎溫柔，帶著一點好奇。我不是殖民者的走狗，村子裡所有人都知道，但我也不是個聖戰士；這種情況讓大家很尷尬，我就坐在這裡，正當中，就在兩者之間，但這竟然好像是當有人強暴或是偷竊我媽媽的時候，我躺在海灘還是岩壁之下睡午覺，或者是我正在親吻一個年輕漂亮女人的乳房。「他們會問你這問題的。」鎖上門之前，他對我這麼說。我知道他說的是誰。晚一點，我睡覺，但之前，我聽。這就是我全部的活動了；我不抽煙，他們把我鞋子的鞋帶、腰帶、口袋裡的東西通通都拿走，我沒關係。我不想要殺時間。我不喜歡這個說法。我喜歡看時間，用眼睛跟著時間，我想要盡情的慢慢利用時間。好不容易，我肩膀上沒有一具屍體！我決定要享受我這個閒來無事。我想過隔天可能會發生更壞的事嗎？可能有一點，但沒多耽擱我的時間。死亡，我有種奇怪的習以為常。只要換換名字，我就可以從生命跳到死亡，然後從來世跳到太陽：我哈榮，木薩，莫梭或是約瑟夫。幾乎是隨心所欲。死亡，在獨立的前幾天，跟在 1942 年灑滿陽光的海灘上，都是一樣的沒有代價、荒謬以及始料未及。我很清楚，他們要安我什麼罪名都行，

可以是槍斃我來殺雞儆猴，也可以是朝屁股踢一腳無罪釋
放。夜晚降臨，帶著　把星星跟黑暗撒進我的牢房，模糊
了牆壁的界線，帶來了青草的甜香。那還是夏天，而在黑
暗中，我終於看見月亮的一角，緩慢的朝我滑過來。我又
睡了，睡了好久，而那時我看不到的樹木正要嘗試行走，
笨重的搖動巨大的樹枝嘗試拉起那黑色而帶著香氣的樹
幹。我的耳朵貼著地面聽它們奮鬥。

十一

　　偵訊進行了好幾次。但都只是確認身分，歷時不長。

　　在軍警隊，沒人對我的案子有興趣。最後是一個解放軍隊的軍官叫我去問話。他好奇的看著我，問了些問題；姓、名、職業、出生日跟地點。我都禮貌的回答。他停了下來，看似在卷宗裡找什麼東西，然後盯著我，這回用嚴厲的語氣問：「你認識拉賀魁先生嗎？」我不想撒謊，也不需要撒謊。我知道我會在這裡，不是因為謀殺，而是因為犯下謀殺的時間不對。像這樣總結你一聽就懂。我狡猾的回答：「我想，有一些人都認識他吧。」問我話這人很年輕，但是讓戰爭給催老了；還可以不禮貌的說，老得很不均勻。他的臉，因為嚴肅而緊繃，有些部分皺紋很深，我可以想像他襯衫下的肌肉結實，而長年只有地洞跟山林可以躲藏，讓太陽晒出很多斑。他很明白我在迴避，笑了。「我不問你真相。沒有人需要那個。只是如果有明確證據說人是你殺的，你就要付出代價。」他突然大笑起來。有力，雷鳴似的，誇張的大笑。他一邊爆笑一邊說：「叫我來給一個阿爾及利亞人判刑，罪名是謀殺法國人。有這麼離譜的事嗎⁉」他說得沒錯。我非常清楚。我會在這裡，不是因為殺死約瑟夫‧拉賀魁；今天就是約瑟夫‧拉賀魁

本人來這裡，兩邊站著目擊證人，把我打進他身體裡的兩顆子彈放手心上，把他的襯衫夾在腋下……就是他親自來這裡報案，也不會有人理他。我會在這裡，是因為我是自己一個人殺了他，而且我殺他的理由不正確。軍官問我：「你懂嗎？」我回答他我懂。

　　軍官去吃午飯的時候，他們把我送回牢房。我沒做什麼事，就等著。我坐在那，也沒去想什麼。一隻腳踩在一灘陽光裡。全部的天空都塞在小氣窗中。聽得到樹木的呢喃跟遠方人們談話。我心想不知媽現在在做什麼？應該是一邊掃著庭院，一邊跟她那班人對話。下午兩點，門被打開，我又被帶去上校的辦公室。他等著我，安靜的坐在一大面掛在牆上的阿爾及利亞國旗之下。在他辦公桌的一角，有把手槍擺在那裏。他們給我張椅子，我坐下不動。軍官不發一語，任由一種沉重的無聲籠罩下來。我猜他想要繃緊我的神經，讓我動搖。我笑了，因為這差不多是媽每次要懲罰我時耍的伎倆。「你二十七歲」，他先說了這句，然後向我逼過來，眼睛噴火，伸出控訴者的食指指著我大吼：「為什麼你不拿起武器去解救你的國家？你說！為什麼？！」我覺得他的神情有點搞笑。但他突然站了起來，粗魯的拉開抽屜，抓出一面小的阿爾及利亞國旗，拿在我鼻子前面搖晃。然後用一個威脅的語調，帶點鼻音，問我：「這是什麼，你知道嗎？」我回答說：「當然知道。」接著他開始一套文情並茂的愛國演說，再再強調他對獨立後的國家那堅強的信念，還有對那一百五十萬殉道者的犧牲

的崇敬。「那個法國人,你應該是要跟我們一起殺他,應該是要在戰爭的時候,不是在這個星期殺他!」我回說那有什麼不一樣。可能太出乎意料,他楞了一下,然後大吼:「那就完全不一樣!」他的眼神凶惡。我問說怎麼不一樣。他結結巴巴的說兇殺跟打仗是不一樣的兩件事,說我們不是殺人犯,是解放戰士,說沒有人給我命令去殺那個法國人,要殺他也必須在之前就殺。「什麼之前?」我問他。「七月五號之前!知道嗎,在那之前,不是之後;靠!」這時響起幾聲清脆敲門聲,一個士兵進來,放了個信封在桌上。這個中斷似乎讓上校更加光火。士兵朝我很快的瞄一眼,然後退出。軍官問我:「怎麼樣?」我跟他說我就是不懂,然後問他說:「如果我在七月五號凌晨兩點殺了拉賀魁先生,那我們應該說這還是戰爭期間,還是已經獨立了呢?這算之前還是之後?」一聽這話,那軍官像盒子裡的魔鬼一樣暴跳起來,拿他不知道怎麼有辦法伸那麼長的手,朝我狠狠的搧了個驚天動地的耳光。我感覺到臉頰冰冷,然後像著火一樣,眼睛不由自主的就濕了。我當下應該是也站了起來。接著,沒再有什麼,我們就這樣面對著面沒動。上校的手臂慢慢的垂下,回到上身原來的位置,我用我的舌頭,從裡面,輕輕撫著我的臉頰。我覺得蠢透了。外面走廊傳來一個聲音,軍官藉這機會打破沉默問:「你哥哥被一個法國人殺死,是真的嗎?」我回答他是真的,但那是在獨立革命發動以前的事。上校突然顯得非常疲憊。他像是陷入沉思,喃喃的說:「當初你們應該在那之前就做

的。」然後像是要鼓勵自己他的論述是有道理的，他又補
了一句：「事情得要照著規則來做。」他要我再講清楚點
我的工作內容。「土地測量公務員」，我回答他。「對國
家有用的職業。」他像是自言自語的說。接著，他請我跟
他講木薩的故事，但似乎心裡想著別的問題。我把我知道
的那一點點事情都跟他說了。軍官輕鬆的聽著我說，他的
結論是我講的東西沒什麼份量，讓人很難相信。「你哥是
個殉道者，可是你，我也不知道……」我覺得他的說法不
可思議的有深度。

有人端了杯咖啡來給他，他就讓我回去。在離開他辦
公室前，他對我說：「你的一切我們都清楚，你跟其他那
些人。這點你不要忘了。」我不知道要回答他什麼，所以
我沒說話。回到牢房，我開始覺得無聊。我知道我會被釋
放，而這讓在我內心沸騰的高昂情緒冷了下來。牆壁像在
擠壓進來，小氣窗不斷縮小，而我所有的感官都覺得害怕。
這將是個險惡、陰冷，窒息的夜晚。我試著去想一些怡人
的東西，像是白鸛的巢，但一點用也沒有。他們將會沒有
解釋的把我釋放，可是我真的想要的是被判刑。我想要的
是，那個將生命化為幽冥的沉重陰影，有人可以幫我卸下
來。而這樣就把我給放了，還有個最不公平的地方，就是
不解釋清楚我到底算什麼？是個罪犯？是個殺手？是個死
人？是個受害者？還是根本只是個不守規矩的蠢蛋！他們
用這樣的輕佻來看待我的罪行，幾乎讓我覺得是種侮辱。
我殺了人，而這帶給我無法想像的混亂。可是根本沒有人

覺得這有什麼需要理會的。只有時辰可能有點小問題。這
是多麼昧於現實啊！是多麼輕率隨便啊！他們難道不知道
嗎，這樣是剝奪我的行為的意義，是毀滅它嗎？！木薩死
而沒人付出代價是完全不可容忍的。而現如今我的報仇竟
然也要讓一樣的棄若敝屣給糟蹋！

　　隔天，破曉時分，在這個士兵們總愛選來做些決定的
時刻，他們就把我放了；什麼都沒說。在我背後，幾個帶
著懷疑的戰士還在低聲唸著，那樣子像是他們有去打游擊，
所以這個國家已經歸他們管了。都是些從山上來，年輕的
農民，每個的眼睛都很強悍。我猜上校決定要讓我羞恥的
活在我那有目共睹的懦弱裡。他以為我會活得很痛苦。當
然，他錯了。哈！哈！讓我直笑到今天。他真是大錯特錯，
錯到脫褲子了……

　　事實上，你知道媽為什麼選約瑟夫・拉賀魁來當祭品
嗎？對，雖然那個晚上是他向我們走來的，還是可以說是
媽挑選了他。我不騙你，這真的很難置信。那是犯罪後的
隔天，在兩個遺忘一切的午覺中間，我半夢半醒時她跟我
講的。告訴你，為什麼這個歐洲異教徒必須被懲罰，照媽
的說法，是因為他喜歡在下午兩點去海邊游泳！他從海邊
回來總是晒得黑黑的、無憂無慮、開心又自在。那種幸福，
是他每次回到哈朱特，來拉賀魁家玩的時候就愛表現出來；
而媽，一邊做著她那些打掃房子幫傭的工作，一邊覺得
義憤填膺……「我沒讀過書，但是我什麼都明白。我都知
道！」她跟我說。我都知道，她到底都知道些什麼啊？那

就只有老天知道了！這非常不可置信，不是嗎？約瑟夫·拉賀魁的死，對媽來說，是因為他喜歡海，而且每次去玩回來都太過活潑。真是個瘋婆子！這個故事可不是因為我跟你共飲的這些酒才瞎編出來的，我不騙你。除非這段自白是在我犯案之後，那好多個小時的昏頭大睡裡，我作夢夢到的。當然，這是有可能。但話說回來，我不能相信這一切都是她編造的。媽對他瞭若指掌。他的年紀，他貪戀年輕女性的乳房，他在哈朱特的工作，他跟拉賀魁一家的關係，好像大家都不是太喜歡他等等。「拉賀魁家的人說他是個自私鬼，沒有根底，而且都不管別人。有一次，他們的車子拋錨，大家都站在路旁等人來幫忙；那個人正好經過，然後你知道他怎麼做嗎？他裝做沒看見，開著他的車繼續走他的路。好像他是跟神有約似的。這可是拉賀魁太太跟我講的！」她講好多我記不清楚了，但我跟你保證，她有辦法寫本書，就專門講這個歐洲異教徒。「我絕不會端任何東西給他。他很討厭我。」可憐的傢伙。在那個晚上，可憐的約瑟夫摔到井裡面，在我們家落地。全都是沒有人付出代價的死亡。在這之後還怎麼能認真看待生命？在我的生命裡，一切都像是不需付出代價。連你跟你的筆記本，你的筆記跟你的書都是。

*

去吧，過去，我知道你想得要死，去叫他，跟幽靈說

過來加入我們，現在我已經沒什麼需要隱藏的了。

十二

　　愛情，對於我，是無法解釋的。我總是帶著訝異的看著情侶：他們那總是緩慢的步調，那從不停歇的探索，連吃的東西都相濡以沫般混在一起，通過手心又通過眼神去佔有對方，穿過各種邊界去更融為一體。我沒辦法了解那手牽著另一隻手的需要，沒辦法了解那不願鬆開，要在另一個人的心頭放上一張臉孔。相愛的人們，他們都怎麼做？他們怎麼忍受對方？是誰讓他們彷彿忘記，他們出生時都是獨自一人，而未來也都將獨自死亡的？我看了很多書，愛情在我看來是種妥協，但絕對不是神祕。我覺得，很多人在愛情裡感受到的那些，我呢，我比較是在死亡裡感受到：凡是生命都有的那不確定性跟絕對性的感受、心的跳動、在一個失去光彩的身體前那種哀傷難過。死亡，不論是我被死亡或是我讓人死亡，在我來說就是唯一的神祕。所有其他的東西都只是儀式、習慣以及可疑的共犯。

　　真相是，愛情像是天國的野獸，讓我覺得害怕。我看著牠兩個兩個的把人吞噬，用永恆當餌讓他們迷惑，再關進個像蛹的東西，吹上天，最後把骸骨當成果皮菜渣丟到地上。你看到了嗎？那些分手的人變什麼樣子？緊閉的門上條條抓痕。你還要再來杯葡萄酒嗎？瓦赫蘭！我們這裡

可是葡萄園酒鄉啊，是你最後可以找到的地方了。其他區域的通通都被鏟掉了。那個服務生瓦赫蘭語講得不好，但他已經習慣我了。這虎背熊腰的傢伙服務客人總是很粗魯。我來揮手叫他。

瑪利亞美。對，曾經有瑪利亞美。那是在 1963 年，夏天。當然我很喜歡跟她在一起，當然，從我的井底，我喜歡看到她的臉龐出現在天空的圓圈中。我知道如果木薩沒有把我殺死－真相是：木薩、媽跟你那英雄聯手，他們就是殺我的兇手－我會活得比較好，會用我的語言，會在這國家裡哪個地方占一小塊地……然而這不是我的命運。瑪利亞美，她，是屬於生命的。你能想像我們嗎？我牽著她的手，木薩牽我另一隻手，媽掛在我的背上，而你那英雄在所有我們可以去度蜜月的海灘晃盪。一整個家庭已經黏上瑪利亞美。

天啊，那放光的微笑跟短髮，她真是好美！我只能夠是她的陰影，而不是跟她如影隨形，這讓我的心多麼受折磨。你知道的，木薩的死跟我被強迫活在哀悼中，很早，就轉變了我對所有權的感受。一個異鄉人不能擁有任何東西，而我就是個異鄉人。我從來沒在我手中長久持有什麼東西，我會覺得反感，會被壓得誇張的沉重。瑪利亞美，很美的名字，是不是？但我沒辦法留住她。

好好看看這個城市，看起來像岌岌可危又沒有效率的地獄。她是以同心圓建築的。最中間，堅固的核心：那些西班牙人留下的門上浮雕，奧圖曼時期的牆，殖民者蓋的

建築物，獨立後蓋的行政建築跟馬路；接著，是那些石油塔，跟他們那些散亂的移置住宅；最後，是貧民窟。再過去？我想像是煉獄吧。幾百萬人死在這個國家、為了這國家死、被這國家害死、對抗這國家而死、嘗試要離開或是要回來。我這是精神官能症的觀點？！我幫你說了……有時我覺得，新生兒是以前的死人，他們是亡者歸來，回來討債的。

*

他不理你還是怎麼樣？那就要想辦法找到對的方式啊；我，我哪知道。你不要被他那些剪報跟他那個哲學家的額頭給嚇到。堅持一下。你就很成功跟我交上朋友了，對不對？

十三

　　唉，我很想按照順序跟你講這些事情，對你以後要寫的書比較方便。算了，你自己會弄清楚順序的。

　　1950年的時候我才去上學。比一般人晚。入學的時候，我已經比其他小孩高了一個頭。是在那個神父，還有拉賀魁先生的堅持下，媽才讓我去哈朱特的學校上學。我永遠忘不了那第一天。你知道為什麼嗎？因為鞋子。因為我沒有鞋子。入學前幾天，我戴著傳統圓帽，穿著阿拉伯褲……但光著雙腳。班上只有兩個阿拉伯佬，而我們兩個都光著腳。現在想起來我都覺得好笑。我們的老師，到如今我都覺得感激他，裝做沒有看見。他檢查我們指甲、手、作業簿、我們的衣服，但刻意避開了我們的腳。同學給我取了個綽號，叫我「坐牛」，是當年一部電影裡面的印第安酋長。因為我大部分的時候都是坐著在發夢，幻想一個人們都是用手走路的國度。我成績很好。法語像個謎題而讓我著迷，我覺得要是能克服它，就能找到我的世界裡種種喧嘩的解答。我想要把我的世界翻譯給媽知道，另一方面也希望把它變得不要那麼不公平。

　　我讀書識字，不是為了要學別人怎麼講話，而是，縱使我一開始不承認，為了要找到那個殺人犯。媽虔誠的折

好藏在胸前，描述「某阿拉伯佬」被殺害的那兩小塊剪報，
剛開始，我還不太有辦法解讀。而當我的閱讀能力越來越
進步，我就越來越習慣轉換文章裡的內容，不斷美化木薩
之死的描述。媽，每隔一段時間，就要把那兩張遞給我：
「你再好好重新讀一遍，看看有沒有你以前看不懂，人家
有講的其他東西。」而這個戲碼，前後持續了有快十年！
我會知道是因為這兩篇東西我都倒背如流了。在裡面，木
薩是兩個單薄的字母縮寫，然後記者花了幾行文字寫嫌犯，
寫兇殺的情境。這你就能想像，那得是多麼天才，竟然可
以把區區兩段文字的社會新聞轉換成一個大悲劇，描繪那
場景，一粒一粒沙子的去描繪那個海灘。剪報那種形同侮
辱的簡短，我一直都很痛恨；怎麼可能把死者當做那麼的
無關緊要？還能跟你說什麼？你那英雄看著牢房裡找到的
一張剪報自得其樂，我呢，我是媽每次抓狂的時候，剪報
就到了我鼻子前面。

　　開什麼玩笑啊！現在你懂了嗎？現在你懂為什麼我第
一次看到你那英雄的書的時候笑了嗎？我期待在這個故事
裡面找到我哥哥臨終講的話、他喘息的描述、他跟殺人犯
的正面衝突、他的足跡跟他的臉，結果我看到的是寫某個
阿拉伯佬的兩行文字。「阿拉伯佬」這個字用了二十五次，
就是沒講過一次名字，一次都沒有。媽第一次看到我在新
生作業簿上，描寫頭幾個法語字母的時候，就把那兩張剪
報遞給我，逼我讀。我那時當然做不到，也不懂。她就用
指責的語氣罵我說：「這是你哥哥耶！」就好像我應該要

能在停屍間裡辨認出遺體一樣。我沉默無語。還能說什麼呢？！當時，我突然了解到這就是她對我的期待。木薩死了以後，我得要站在他的位置，把他變得活起來。這摘要好厲害，是不是？總共才兩段文字，裡面得要有一具身體，好些個無罪證據跟控告起訴。所以是要換個方法，重拾媽的調查，去尋找杜季－我的雙胞胎。這麼一來，結果是產生了一本詭異的書籍，一本要是我有你那英雄的才情，可能就會寫出來的書：一本翻案調查。在報紙簡短敘述的字裡行間，我儘可能的塞東西進去，我把它們的篇幅膨脹得直要創造一整個宇宙。就這樣，我帶給媽犯罪全面的想像重建：天空的顏色、環境背景、被害人跟殺人犯間的針鋒相對、法庭的氣氛、警方的猜測、三七仔跟其他證人的陰謀、律師的辯護……等等。只不過，我現在跟你講是這樣，但是當時，整個內容是無法形容的混亂，簡直像本謊言跟恥辱的《一千零一夜》。有時候我覺得有點罪惡感，但多半的時候覺得驕傲。我給了我媽媽那些她在阿爾及爾的歐洲人區、墓園裡面遍尋不著的東西。這為一個渴望文字的老婦人編撰想像書籍的故事，持續了很久。那是一次一次的循環，你懂我意思吧。我們會有幾個月不說話，然後突然，她會開始激動，念念有詞，最後堵在我面前把那兩張破爛的紙頭拿出來搖晃。有時候，我會覺得自己像個可笑的靈媒，身處媽跟一本幽靈書之間：她問那書問題，而我得要去翻譯那些回答。

　　就這樣，死亡成為我語言學習的重心。當然，我也讀

其他的書，歷史，地理，但所有一切都必須被帶進我們的家庭故事、我哥哥的兇殺跟那受詛咒的海灘。這個造假的遊戲一直玩到獨立前幾個月才叫停；那時候媽媽可能已經辨認出約瑟夫瘋狂的腳步；當時還活著，穿著沙灘涼鞋圍繞著他自己的墳墓在哈朱特晃盪。那時我已經用盡語言跟我想像力的儲藏。我們除了等也別無選擇。拜託，就來點別的事吧。等待這榮耀的夜晚，等一個嚇壞了的法國人沉沒在我們黑暗的庭園裡。是的，我殺死約瑟夫，是因為我們的處境之荒謬，需要有東西來平衡。那兩張剪報後來怎麼了？天曉得。一再的折疊攤開，最後應該就灰飛瓦解。也有可能媽終於丟掉它們。話說當年我編出來那些內容，真的應該寫下來，可是，我那時沒有能力，也不知道一件犯罪可以變成一本書，而受害者可以變成炙亮光線的一道單純反射。但這能是我的錯嗎？

所以，當有一天，一頭棕色、超短髮的年輕女子來敲我們的門，問了那從來沒有人問過的問題：「請問你們是木薩 Ould el-Assasse 的家人嗎？」你可以想像我們有多訝異。那是 1963 年三月的一個星期一。整個國家充滿喜悅，可是有種恐懼悄悄的蔓延，因為七年的戰爭餵大的那隻怪獸變得狼吞虎嚥而且拒絕回去土地下面。在那些打勝仗的頭子之間，一個無聲的權力鬥爭正在發狂。

「請問你們是木薩 Ould el-Assasse 的家人嗎？」

瑪利亞美

　　有時候我會重複說這個句子，試著去找回她當時那讓人愉快的語調：非常禮貌，可親，彷彿是純真明亮的體現。

　　我媽媽開的門。我就在不遠，在庭院的一角躺著，但懶得起身；接著，我很驚訝的聽到女人清澈的聲音。之前從沒有人來拜訪我們。媽跟我這一對，我們嚇退了所有社交應酬。而且大家尤其避著我。單身，陰鬱而沈默不語，人們當我是個懦夫。我沒有去打仗，大家都懷恨又固執的記得這件事。但那一刻最叫人覺得怪異的，是聽到媽以外，另一個人叫出木薩的名字。我，我都只說「他」。那兩張剪報，講到他時則只用字母縮寫，還是連這都沒有，我記不得了……接著我聽到媽問道：「誰？」然後有一長串解釋，但我沒聽清楚重點。媽回答說：「你還是跟我兒子講吧。」然後請她進來。終於，我站起身來，看著她。我看到，這個嬌小纖細的女人，暗綠色的眼睛，像太陽般的真實而閃耀。她的美叫我心疼。我感覺到胸膛變得空蕩蕩。在那之前，我從未把任何女人視為生命的可能性。為了從媽的肚子掙脫，為了埋葬死人，為了殺死脫逃者，我已經忙不過來了。你想像一下。我們過著隱居般的生活，我已經習慣了。而突然間出現這樣一個年輕女子，就要將一切席捲，一切，我的生活，媽跟我，我們的世界。我覺得羞愧，我感到害怕。「我叫做瑪利亞美。」媽讓她坐在張凳子上，她的裙子微微往上拉，我試著不去看她的腿，用法語，她

跟我解釋說，她是教師，正在研究一本講我哥哥故事的書，那本書是殺人兇手寫的。

我們在那裡，在庭院，媽跟我，驚駭莫名，試著要理解到底怎麼回事。木薩可以說又復活了，推開他的墳墓，然後強迫我們，再一次，去感受他遺留給我們的沉重悔恨。瑪利亞美察覺到我們的困惑，她重新，緩慢的再解釋一次，帶著溫柔，也可說是小心翼翼。她輪流的，跟媽，然後跟我說，像是對著大病初癒的人那樣輕聲細語。我們一直默默聽著，直到我終於回過神來，向她提出了幾個問題，但卻難掩我內心的翻騰。

事實上，我覺得這有點像是第六顆，也是最後一顆子彈，在那當下又一次的穿過我哥哥的皮膚。因此，木薩，我哥哥，竟連續死了三次。第一次在下午兩點，「海灘的那天」；第二次，是當我們得要為他挖一個空的墳墓；第三次是當木薩終於進入我們的生活。

如今想起那情境，已經有點模糊：媽突然變得緊張兮兮，兩眼瘋狂而發直，藉口要再沖茶、去拿糖，不停的來來去去，牆上陰影一點一點前進，瑪利亞美尷尬不安。後來我們開始交往，當然是瞞著媽，她跟我說：「我那時覺得，好像因為我講的事情跟我提的問題，一個葬禮就被我打斷了……」在她要離開之前，只有我們兩個人，她從書包裡拿出那本有名的書，就是你現在很乖巧的收在檔案夾裡的那一本。在她看來，那是個很簡單的故事。一個著名作家講一個阿拉伯人之死的故事，寫成了一本有震撼力的

書，「像是在盒子裡的太陽」，我還記得她的這個比方。因為對阿拉伯佬的身分感到好奇，她決定要自己調查，而憑著不屈不撓的毅力，最後追到我們這條線索。「多少個月以來敲了多少門，詢問了各式各樣的人，就為了要找到你們……」帶著讓人解除心防的微笑，她跟我說。然後她約我隔天再見面，約在車站見。

　　在第一秒鐘我就已經愛上她了，但同一時刻，我也恨她；恨她就這麼走進我的世界，跟隨著一個死人的足跡，打亂我的平衡。老天啊，我被詛咒了！

十四

　　瑪利亞美，用她那緩慢而溫柔，像是催眠的語調，跟我們說她是花了好幾個月的時間，才從幾乎沒有人記得我們的巴布瓦德區，追到我們的蹤跡。她在寫她的博士論文，剛好跟你一樣；她研究你那英雄，跟他這本怪書：使出數學家查看一片枯葉的才情，去講述個殺人事件的怪書。她想要找到阿拉伯佬的家庭；漫長的調查，在那山的後面遍訪了活人的國度，最後讓她走向我們來。

　　不知哪來的直覺，她等到媽不在旁邊的幾分鐘才把那本書拿給我看。開本很小。封面印的是一幅水彩畫，一個穿西裝的男人，手插口袋，身體微側，背部斜對著畫面後方的大海。黯淡的顏色，猶豫的筆觸。我記得的大概是這樣。書名叫做《另一個人》（*L'autre*），殺人犯的名字用黑而直的字母寫在右上角：莫梭[37]。但其實我心不在焉，因為跟這女人的貼近而慌張。當她跟從廚房回來的媽客氣交談時，我偷偷的觀看她的頭髮、雙手，跟她的脖子。應該是從那之後，我就喜歡從背後觀察女人，喜歡那看不到的臉龐、無法掌握的身體前緣帶給人的期待。我自己都訝異，我這完全不懂香水的人，開始想像瑪利亞美身上用的香水應該叫做什麼名字。我還立刻注意到她那敏銳而能洞悉事

---

37 莫梭為卡繆《異鄉人》之主人翁。

物、卻又帶著純真的聰慧。後來她跟我說，她出生於康士坦丁，在東部。她以「自由的女性」自許，肯定的語氣帶著些挑戰的神情；也說到她跟她家庭裡的保守主義已經是長期抗戰。

　　好啦，我知道，我又跑題了。你要我跟你講那本書，我讀的時候有什麼感覺？說實話，這個過程，我真不知道要從哪裡講起才好。當瑪利亞美帶著她的香味、頸部、優雅跟她的微笑離開，我已經在期待隔天。媽跟我都呆若木雞。我們直到此刻，才在一片混亂裡知道了木薩最後的足跡、以前從來不曉得的殺人兇手的名字，還有他非凡的命運。媽大叫：「全都早寫下來了！」而我驚嘆她這說法意外的精準。沒錯，寫了，但竟然不是哪個神明來註定，而是有人寫一本書的形式。你說我們對自己的愚蠢，會不會覺得恥辱？！你說我們這可笑的二人組，在本我們聽都沒聽過的傑作裡被丟在後台倉庫，會不會悲哀得想捧腹大笑？！那個殺人犯，他的臉孔、他的眼神、他的肖像、甚至他的服裝，全世界都認識。除了誰……除了我們兩個，阿拉伯佬的媽媽跟她的兒子，那卑微的土地測量公務員。兩個可憐的笨蛋土著，什麼都沒讀過，只負責全部的含辛茹苦。兩頭驢子。一整個晚上，我們避免目光的接觸。天啊，發現自己有多蠢，真是太痛苦了！那夜很長。媽詛咒著那年輕女子，到後來終於閉上嘴。我，我想著她的乳房跟嘴唇，像鮮活的水果在跳動。隔天早上，媽粗魯的搖醒我，然後，像個嚇人的老巫婆靠過來，命令我說：「如果

她再來，不要給她開門！」這我先就料到了，也很清楚原因。而我也是，早就準備好我的反擊。

你一定猜得到，親愛的朋友，我當然沒照她說的做。那天，我很早出門，沒耽擱時間在例行的喝咖啡上。就像我們約定的，我在哈朱特車站等候瑪利亞美，而當我在來自阿爾及爾的巴士看到她，我感覺心臟像破了一個洞。光是見到她，已經不足以填滿我被挖空的內在。我們又面對著面相會了，而我覺得自己是那麼傻氣而笨拙。她先是用雙眼，再是敞開她叫人喜愛的朱唇對我微笑，我結結巴巴的跟她說我想多了解那本書，我們就開始散步。

而這持續了幾個星期，幾個月，幾個世紀。

你可想而知，我就這樣漸漸認識了媽一直小心警戒而且成功消滅的東西：熱情、慾望、夢想、等待跟感官的激動。在以前的法語書籍裡，他們稱這個為 *tourment*（愛的折磨）。這些當愛情誕生時，抓住你的身體的種種力量，我真不知道該怎麼跟你形容。我的文字模糊而欠精準。像是隻近視的蜈蚣爬在什麼巨大東西的背上。我們的藉口當然就是那本書。那本書之外還有其他本書。而這天，瑪利亞美再次拿出那本書給我看；不只這回，還有後來再見面的好多回，她都耐心的跟我解釋：那書寫作的背景，其成功之處，受它影響啟發而寫的書，跟對它每個章節無窮無盡的詮釋。那真是叫人目眩神馳。

但是當日，這第二天，我看的尤其是她在書頁上的手指、她的紅指甲在紙張上滑動；我禁止自己去想像要是我

抓住她的手，她會說什麼。但最後我還是做了。而她笑了起來。她知道在那當下，我心裡全沒有木薩。這可是頭一回。我們在中午過後分手，她跟我保證會再回來。儘管如此，她還是問了我，要怎麼能夠在她的研究工作裡證明，媽跟我真的就是阿拉伯佬的家人。我跟她解釋這在我們家是個老問題，我們連個姓氏都不太拿得出來……這讓她又笑了，卻是我的傷心事。後來我就往辦公室走去。我根本沒去考慮不假外出別人會怎麼想！我管不了那麼多了，朋友。

　　當然，那天晚上，我就開始讀這本被詛咒的書。我閱讀的速度很緩慢，但人卻是著了魔一樣。一面覺得受到侮辱，另一方面也終於認清了自己。那一整夜的閱讀，就好像我在閱讀神自己寫的書，心臟狂跳，近乎要窒息。真的受到衝擊震撼。書裡面什麼都有，就缺最根本的：木薩的名字！完全看不到。我算了又算，「阿拉伯佬」這個字重複出現二十五次，但沒半個名字。完全沒有，朋友。有的只是鹽、眼花撩亂，跟一個被賦予天神指派任務的人，對自己處境的反省。莫梭的書裡面，關於木薩的部份沒有我不知道的；真要說，就是木薩甚至是到了生命的最後一刻，都沒有過名字。反過來，這本書讓我像是殺人犯的天使一樣，看清了他的靈魂。裡面我還找到些很怪的扭曲記憶，像是關於海灘的描述、像那精采打光的兇殺時間、從來沒人找得到的老高腳木屋、開庭那些日子跟牢房裡的時時刻刻：那時候正是我與媽媽在阿爾及爾的街頭四處亂闖，尋

找木薩的屍身。這個人，你那作家，好像從我身上偷走我的雙胞胎，柱季，我的肖像，甚至偷走我的生命跟我有關偵訊的那些記憶！我幾乎一整晚都在讀這本書，非常辛苦的，一個字一個字讀。整個是完美的笑話。我想在裡面找我哥哥的足跡，結果找到的是我自己的倒影，發現自己幾乎就是殺人犯的替身。等我終於讀到全書最後一個句子：「……我還希望處決我的那一天會有很多觀眾，希望他們用恨意的叫喊來迎接我。」老天，讓我多麼恨這個人啊。是有很多的觀眾沒錯，但他們是來看他犯罪，不是來看審判。而且是群什麼觀眾？！都是無條件支持的、盲目崇拜的！在這群崇拜者裡面，永遠就不會有恨意的叫喊。書裡這最後幾句話真是讓我太震驚了。傑作啊！朋友。像是一面鏡子來照著我的靈魂，照著那處在阿拉與無奈之間，我在這國家後來會變成的樣子。

那晚，不難想像，我一夜沒睡，我端詳著檸檬樹旁的天空。

我沒拿那本書給媽看。我敢保證，她一定會逼我讀了再讀，沒完沒了的讀給她聽，讀到最後審判那天為止。太陽升起，我把封面撕掉，將書藏在棚子的隱密角落。我當然也沒跟媽說我前一天跟瑪利亞美的約會，但是她從我的眼神，就察覺到有另一個女人在我血液裡。瑪利亞美沒有再來過我們家。後來幾週，其實就是那一整個夏天，我相當規律的跟她見面。我們約定，每天我都去車站看看從阿爾及爾來的巴士。如果她有空，我們就可以共渡幾個小時；

散步，瞎晃，也有時我們會在棵樹下躺下來，但都不會太
久。如果她沒來，我就離開，回去做我的工作。我衷心期
待那本書永遠不要結束，變得沒有盡頭，這樣她可以一直
將她的肩膀靠在我激動的胸膛上。我幾乎什麼都跟她說了：
我的童年，木薩死的那天，不識字的我們那愚昧的調查，
El-Kettar 墓園那座空的墳墓跟我們家裡服喪的嚴格規定。
只有一個祕密我不敢講，就是約瑟夫的謀殺。她教我一種
讀書的方法，把書朝一邊傾斜，像是要把那些隱形的細節
給倒出來。她送給我其它本那人寫的書，另外還有些別的
書籍，靠著這些，我漸漸能夠了解你那英雄如何看待世界。
瑪利亞美很有耐心的跟我解釋他的信念跟他精采的孤獨意
象。我了解到那好比是一個孤兒，體認到世界也正跟他一
樣像是無父的孤兒，而恰恰因為自己的孤獨，讓他獲得了
博愛的能力。我沒辦法全都聽懂，有時我覺得瑪利亞美講
的是另一個星球，但她有個我愛聽的嗓音。而我愛她，打
從心底的愛。愛情。多麼怪異的感覺，不是嗎？像是醉了。
感覺像失去平衡，失去知覺，但同時又有一種明確又無用
的出奇的清晰。

　　從最開始，因為我身受詛咒，我就知道我們的故事會
結束，就知道我永遠不能期待把她留在我的生命；在那當
時，我要的只有一件事：就是聽到她在我身旁呼吸。瑪利
亞美原本就猜到我的狀態，最初可能還覺得有些有趣，但
她終於了解到那毀壞的深邃。是不是這個讓她害怕了？我
想是的。也或許，她可能就是覺得疲乏，我不再讓她開心，

　　她已經窮盡我所代表的這條有點新有點異國風情的線索，我的「案例」不再讓她覺得好玩。我這話說得很苦澀，我實在不應該這樣。我發誓，她沒有拒絕我。相反的，我甚至相信她對我也有種愛情的感覺。只是她就接受了我的悲傷情緒，也可以說，她就給予我的痛苦像珍貴物品般的絕對地位，所以她離開；然而，對我來說，那時王國其實才剛要重建秩序。在她以後，我毫無例外的會背叛女人，總將我自己最好的一面留給分手的時刻。那是我在生命的石板上刻寫的第一條法律。你要記一下我對愛情的定義嗎？愛情，就是親吻一個人，分享她的唾液，還上溯到她出生時那黑暗的記憶。我因此　直過著像鰥夫的生活，這反而有魅力，吸引來那些沒有戒心的女人的溫柔對待。好些不幸的女人，跟好些太年輕而不懂的女人都來親近我。

　　在瑪利亞美離開以後，我一讀再讀這本書。那麼那麼多次。為的是要再找到這個女人的痕跡，她閱讀的方法，她研讀時的抑揚頓挫。很怪，對不對？從一個死者神靈活現的展現裡面要去探究生命！糟糕，我又跑題了，這些偏離主題一定讓你很煩。可是……

　　有一天，我們來到村莊的邊緣，一棵樹下。媽裝做都不知道，但她很清楚我跟這個攪亂我們墓園的城市女子相會。我們的關係變了，我感覺到一種絕對暴力的無聲衝動，渴望脫離這個恐怖怪獸般的母親。幾乎是不小心的，我輕撫了瑪利亞美的胸部。在樹下炙熱的陰影裡，我有點恍惚，而她把頭枕在我的腿上。她稍稍起身看著我。頭髮掉進她

的眼睛，她笑了出來，那像是另一種人生、明媚的笑。我
靠向她的臉龐。天氣很舒服，而我作勢嬉鬧，吻了她因笑
容而輕啟的雙唇，止住了笑聲。她沒說什麼，而我保持這
樣，輕靠著。等我上身坐起來時，放眼看去都是天空，那
藍色跟金黃色的天空。我感覺到腿上瑪利亞美頭部的重量。
我們就這樣停了很久，都發麻了。直到實在覺得太熱，她
站起身來，我也跟著起來。追上她，我用手攬住她的腰，
合而為一的身體走在一起。留在我記憶的影像，是她一直
瞇著眼睛微笑。然後我們就這樣走到車站，一路相擁著。
是的，當年還可以這樣。哪像今天。我們看著對方，帶著
被身體慾望激起、那新鮮的好奇；她跟我說：「我看起來
比你黑。」我問她能不能有一天是晚上來。她又笑了，搖
著頭表示不行。我鼓起勇氣說：「你願意嫁給我嗎？」這
突如其來的一問讓她呆了一下，我的心口像被刺了一刀。
這太出乎她預料。我猜想，她希望這個關係就是很自在開
心，而不要是什麼嚴肅承諾的前奏。「她想要知道我是不
是愛她？」我回答說，得用文字表達的時候，我弄不清楚
那究竟是麼意思；可是當我閉口不語時，在我的腦中它就
變得非常清楚。你笑啦？被你識破了……對啦，這些都是
騙人的。從頭到尾。這個場景太完美了。全是我編的。我
當然是從來不敢跟瑪利亞美說什麼。她那出奇的美貌，她
的自然，她註定會有個比我要好得多的生命，這些都一直
讓我失去話語。她屬於今天在這個國家，已經消失了的一
種女性：自由，敢去征服，不順從，而且把自己的身體活

得像是上天贈予，而不是罪惡或是恥辱。唯有一次，我看
到她像被冰冷的陰影籠罩，那是她講到她爸爸，一個控制
狂，娶好幾個妻子，而總帶著貪婪的眼神，會讓瑪利亞美
感到疑懼，驚慌。正是書本把她從家庭解救出來，給了她
遠離康士坦丁的藉口；一等到機會，她就進了阿爾及爾大
學就讀。

　　瑪利亞美在夏天結束的時候離開，我們間的故事只持
續了幾個星期；我了解到她不會再回來的那一天，咒罵著
媽跟木薩，咒罵著全世界所有的受害者，我把家裡全部的
餐具瓷器都打碎了。在那憤怒的迷霧裡，我記得媽坐著，
很冷靜，看著我釋放我的激情，她那麼從容，彷彿是為她
壓倒世上所有女人的勝利，樂在其中。後來的事情也就是
個漫長的心碎。瑪利亞美寄過幾封信到我的辦公室來。我
帶著狂暴與憤怒回覆她。她跟我說她的課業、論文都有進
展，她跟我分享她叛逆女學生的荒唐苦澀……然後漸漸的
一切都淡了。思念變得比較短，也比較少。直到有一天，
也就是不再有信來。但我依然還是會在車站等待阿爾及爾
來的巴士，就只是要讓自己感覺那痛；就這樣好幾個月又
好幾個月。

＊

　　聽我說，我想這是你跟我的最後一次相見了，去堅持
邀請他過來我們這桌。他這次一定會過來……

　　先生，您好。您看起來像有拉丁血統，但在這個從古早時候就擁抱全世界水手的城市裡，這算很平常吧。您是老師嗎？不是啊。喂！木薩，麻煩你，再拿一瓶酒跟一些橄欖來！什麼？這位先生是聾啞人士？我們這位客人哪種語言都不會說？！真的嗎？！他能讀唇語……您起碼識字吧！我這個年輕朋友有一本書，裡面所有人都互相不理不睬。您可能會喜歡的。怎麼樣一定比您那些剪報有趣啦。

　　一個故事裡面，圍著張桌子聚集了一個虎背熊腰的卡必爾人服務生，一個看起來像有肺結核的聾啞人士，一個帶懷疑目光的年輕學者跟一個講東西沒憑沒據的老酒鬼，這該叫做什麼呢？

十五

　　謝謝你忍受像我這樣一個老人。這說來還真是非常神祕。如今，我竟是這麼的老，老到每當天上有那麼多的星星閃爍的時候，我就常跟自己說，會活到這麼久，一定是因為有什麼東西需要我去發現吧。活著需要費那麼多力氣！那必得是在最後，要能夠得到什麼非常重要的啟示才對。想到我的無足輕重，跟世界之遼闊，這兩者間的不成比例，我總會覺得震驚。我總跟自己說，無論如何，在我的平凡跟宇宙中間，應該會有個什麼東西才對。

　　但我也常又跌回去，我讓自己在海灘上遊盪，握著手槍，碰到第一個像我的阿拉伯佬，就殺了他。我跟自己說，背負了像我這樣的故事，除了無止境的不斷去重演，不然還能怎麼做？媽還活著，但她無話無聲。我們之間已經好多年不說話了；我喝她的咖啡就好。除去那棵檸檬樹、那海灘、那高腳木屋、那太陽跟那槍聲的回響，這國家其他的一切我都無所謂。我就這樣活了很長的時間，像個夢遊者飄蕩在我工作的辦公室，跟我歷來幾個住處之間。也跟好幾個女人有過情感故事的雛形，更多的是身心俱疲。沒有，在瑪利亞美離開之後，就沒有過什麼了。我跟其他人一樣的生活在這個國家，只是更不引人注意，更不在乎一

切。我目睹了獨立的激動熱情被消耗殆盡，幻想的失敗，然後我開始年老；而如今我在這裡，坐在個酒吧裡，跟你講這個從沒人想聽的故事，也只有瑪利亞美跟你，還有個聾啞人士當見證人。

　　我活得像個幽靈，觀察生靈在個玻璃罐裡面衝撞。懷抱駭人祕密的人承受的惶恐，我都很熟悉；走在路上，我的腦袋裡面都會有種沒完沒了的自言自語。好多時候，我都有那種可怕的衝動，想要對全世界大喊我就是木薩的弟弟，而我們，媽跟我，才是那個變得非常出名的故事裡面僅有的兩個真英雄……但有誰會相信我們呢？誰？我們拿得出什麼證據呢？兩個縮寫字母跟一本沒有名字的小說？最糟糕的，是那些月下狗群開始互相攻擊撕咬，辯論你那英雄有的是我的國籍，還是他同棟樓鄰居的國籍。天大的笑話！在那群傢伙中，就沒一個去問木薩是什麼國籍。就連在阿拉伯人的國家，都是叫他阿拉伯佬。告訴我，「阿拉伯」，這是個國籍嗎？這個所有人當做是他們自己的肚子、自己的內臟來承認的國家，到底是在哪裡，為什麼會到處都找不到呢？

　　我去過幾次阿爾及爾。從沒人談起過我們，我哥哥，媽，跟我。從沒人談過！這個輕易把自己內臟攤開來，粗魯不文的首都，在我看來是對那個沒被懲罰的犯罪，最惡劣的侮辱。幾百萬個莫梭，一群疊著一群，被一個骯髒的海灘跟一座山包圍，在兇殺跟睡眠之間變得愚蠢，缺乏空間而總是相互推擠撞擊。天啊，我真是討厭這個城市，那

些彷彿恐怖咀嚼的噪音，還有腐爛蔬果跟污油的氣味！她
有的不是一個海灣，而是一個嚼食的齒顎，絕對不可能把
我哥哥的屍體還給我的，你想得美！只要翻過來去看這個
城市，你就可以了解那個犯罪有多完美。我就是這樣看到，
四處都是你的那些莫梭，連在瓦赫蘭，這裡，我住的建築
裡面都有。在我的陽台對面，就在社區的最後一棟建築物
之後，有一間跟這國家其他的幾千間相同的，很具壓迫感，
但沒蓋完的清真寺。我常常從我的窗戶看它，非常討厭那
種建築，有一支粗肥的手指指向天空，水泥外牆都還是粗
胚。我也討厭伊瑪目把自己當做王國首長看著那些信徒。
那個醜陋的叫拜樓更激發我內心絕對褻瀆神明的慾望。讓
我想直接步易卜劣廝之後塵，跟著大叫：「你用泥土造成
的，我怎能向他叩頭呢！[38]」……有時候我會真的想要爬
上去，爬到那有擴音喇叭的地方，然後把我自己重重保護
的鎖在裡面，開始怒吼我全部想得到的咒罵恐嚇跟褻瀆神
明。逐條列出我對宗教大大小小的懷疑。大聲喊出我從來
不禮拜，我不淨身，我也不齋戒，我絕對不會去朝聖，而
且我還很愛喝酒－反正已經做了，就乾脆豁出去。大聲吼
出我是自由的人而神只是個問題，不是答案，我要單獨的
跟神會面，跟我出生或是死亡的時候一樣。

　　你那英雄在他的死刑犯牢房裡有個神父去看他；我，
我是有一大群狂熱信徒在後面追著我，試著要說服我說，
這個國家的石頭留下的汗水不是只有痛苦，而且神監看著
我們。我對著他們大叫說，我看著這片沒蓋完的牆壁已經

38　此段出自古蘭經 17：61，馬堅譯本。據古蘭經記載，阿拉從土中創造的人類之祖（亞當）
　　命令眾天使跪拜他時，易卜劣廝不想跪拜由黑泥所捏製而成的人類，因此惹怒了阿拉。易
　　卜劣廝發誓一定會帶領所有的人類偏離正道，作為復仇。

有好多年了。這世上所有東西，所有人裡面，我最清楚的
就是這個。可能，在許久以前，我曾經看到過那只有天上
才有的一些東西。那張帶著太陽的顏色與慾望的火焰的臉
龐。瑪利亞美的臉龐。我試過要去尋回，但徒勞無功。現
在一切都結束了。你能想像那個場景嗎？我對著麥克風聲
嘶力竭的吼，而他們是要把叫拜樓的門打爛進來讓我閉嘴。
他們試著要跟我講道理，驚恐的對我說，死後還有另一個
生命。這樣啊？！我回他們說：「在那個生命裡我會記得
現在這條命的！」就在那時候，我死了，可能是被石刑給
活活砸死，但是麥克風會緊握在手上；我，哈榮，木薩的
弟弟，失蹤爸爸的兒子。啊，多麼美好的殉道者姿態！高
喊著他赤裸裸的真理。像我這樣一個不信神，不去清真寺，
不期待天堂，沒有女人沒有小孩，像是挑釁的帶著我的自
由到處走的老年人，得要長年忍受怎麼樣的折磨？你住在
別的地方，你是無法了解的。

　　某天，有個伊瑪目試著要跟我講神，跟我說我這麼老
了我起碼應該跟其他人一樣祈禱，但是我走向他跟他解釋
我所剩的時間是那麼的少我不想浪費在神的身上。他試著
轉換話題問我為什麼叫他「先生」而不是叫他「教長」。
但這把我惹毛了我回他說他不是我的導師，他是跟其他人
一起的。他把雙手放在我的肩上跟我說：「不，我的兄弟，
我是跟你一起的。但你無法知道因為你的心是盲目的。我
為你祈禱。」聽到這，不知道為什麼，我內心有什麼東西
裂開了。我開始對他怒吼對他破口大罵而且我跟他說我不

准他為我祈禱。我揪住他長袍的領子。我把我內心深處的
東西都朝他傾倒，喜悅的跟憤怒的都有。他一副那麼有自
信的樣子，不是嗎？然而，他全部的肯定堅信都及不上我
所愛的女人的一根頭髮。他甚至連是不是活著都有疑問，
因為他根本活得跟死人一樣。我，我看似雙手空空，但是
我對自己很肯定，對什麼都很肯定，對我生命很肯定還有
對這即將來臨的死也很肯定。沒錯，我有的只是這些。但
至少，我擁有這個真理就如同這真理擁有我。我以前就是
對的，現在還是對的。就像是我一直都在等待我將被證明
有理的這一分鐘以及這個破曉時分。沒有什麼東西是重要
的，沒有，而我非常清楚原因。他也知道原因。從我的未
來的深處，在我過著這個荒謬的一生的時候，一個黑暗的
嘆息直回溯到我。其他人的死、其他人的愛對我有什麼意
義，他的神、我們選擇的生命、我們決定的命運對我有什
麼意義，反正只有一個命運會決定我，同時還會決定另外
幾十億就像他自命是我兄弟的特權之人。他懂了嗎，這樣
他懂了嗎？所有的人都是特權之人。只有特權之人。其他
人也是，有一天會給他們判刑。他也是，有一天會給他判
刑，只要世界還活著。如果被控告謀殺，卻是因為在他
媽媽的葬禮沒有哭泣而被處死，或者像我被控在 1962 年
七月五號，而不是在前一天殺人，這樣有什麼關係嗎？
Salamano 的狗跟他的妻子一樣重要。那個像機器人的小女
人跟 Masson 娶的那個巴黎女人或是跟要我娶她的瑪麗一樣
有罪。今天瑪利亞美讓不是我的另一個人吻她嘴唇有什麼

關係嗎？這樣他懂了嗎，這個被判有罪的人，來自我的將來的深處……高喊這些讓我窒息。但是，人們已然將伊瑪目從我手上拉走而另外有幾千隻手把我抱緊將我制服。那個伊瑪目，叫他們冷靜而沉默的看了我一會兒。他熱淚盈眶。轉身然後他就消失了 [39]。

　　我信神嗎？這你真是讓我好笑了！一起度過這麼多小時以後……我不懂為什麼每次有人問到關於神的存在的問題，總是期待從人的身上得到答案。幹嘛不，直接的，問神這個問題！有時候我真覺得像是置身在那個叫拜樓裡面，聽到那些人，在那邊，想要砸破我緊鎖的門，要我死的高喊「殺了他」。他們就在那裡，就在後面，滿腔憤怒。你有聽到那門破裂的聲音嗎？說，你有聽到嗎？我，我有。那門就要破裂了。我呢？我呢，我喊著什麼？就只喊這一句沒有人懂的話：「這裡什麼人都沒有！從來就沒有人在這裡！清真寺是空的，叫拜樓是空的。整個都是空的！」肯定的，處決我的那一天會有很多觀眾而且他們會用恨意的叫喊來迎接我。你那英雄可能從一開始就是對的：這個故事裡面從沒有生還者。所有人都在同一下、同一次就死了。

　　今天，媽還活著，但是有什麼意思！她幾乎什麼都不講了。而我，我想，我講太多了。還沒有人去懲罰的殺人犯，就會有這個大缺點，你那作家對這點很有心得……啊！最後再跟你講一個我發明的笑話。你知道莫梭在阿拉伯語發音是什麼意思嗎？ *El-Merssoul*。「被送走的人」或是「信

39　此段呼應卡繆《異鄉人》第二部分第五章。

差」。挺有趣的，不是嗎？好了，好了，這下我真的該停了。酒吧要打烊了，大家都在等我們把酒乾了。想到我們的會晤唯一的證人是一個聾啞人士，我還以為他是個老師，而他唯一的愛好是剪報跟抽煙！我的神啊，您還真是喜歡開您創造的人玩笑⋯⋯

我的故事是你要的嗎？我能給你的也只有這個。這就是我的證詞，信不信由你。我是木薩的弟弟，還是沒有人的弟弟；或只是你碰見一個胡吹大氣的傢伙讓你填滿筆記本⋯⋯你自己決定，我的朋友。這就像是神的傳記。哈哈！從來沒有人遇見過神，連木薩也沒有，沒有人知道他的故事是真的還假的。阿拉伯佬就是阿拉伯佬，神就是神。沒有名字，沒有縮寫。工人裝的藍跟天空的藍。一個無垠的海灘上兩個無名者的兩個故事。哪一個比較真實？這是很私密的問題。由你自己去裁斷。*El-Merssoul!* 哈哈。

我也希望，我也是，到那天來的人要多，我的觀眾，希望他們的恨意會是野蠻的。

無境文化－人文批判系列　　　　【奪朱】社會政治批判叢書011

異鄉人─翻案調查
Meursault, contre-enquête

作　　者/　　卡梅‧答悟得 Kamel Daoud
譯　　者/　　吳坤墉

美術指導/　　侯瑞寧
平面設計/　　楊健鑫
電腦排版/　　辰皓國際出版製作有限公司
　　　　　　＊特別感謝林琪雯女士於編務之協助

出　　版/　　無境文化事業股份有限公司
【精神分析系列】　　總策劃／楊明敏
【人文批判系列】　　總策劃／吳坤墉
地址：802高雄市苓雅區中正一路120號7樓之1
信箱：edition.utopie@gmail.com

總 經 銷/　　大和圖書書報股份有限公司
地址：248新北市新莊區五工五路2號
電話：(02)8990-2588
一　　版/　　2019年10月
定　　價/　　320元
ISBN　978-986-98242-0-0

國家圖書館出版品預行編目(CIP)資料

異鄉人─翻案調查 / 卡梅‧答悟得(Kamel Daoud)作；
吳坤墉翻譯. -- 一版. -- 高雄市：
　　無境文化, 2019.10
　　　面；　　公分. -- (人文批判系列) ((奪朱)社會政
治批判叢書；11)
　　譯自：Meursault, contre-enquête
　　ISBN 978-986-98242-0-0（平裝）
886.7257　　　　　　　　　　　　108017662

UTOPIE